ベリーズ文庫

クールな伯爵様と箱入り令嬢の麗しき新婚生活

小日向史煌

JN166731

STARTS
スターツ出版株式会社

目次

クールな伯爵様と箱入り令嬢の麗しき新婚生活

特別書き下ろし番外編

クールな伯爵様と箱入り令嬢の麗しき新婚生活

問題を抱えた結婚

誰もが一度は夢見る結婚式。普通は、真っ白なドレスをまとう花嫁の隣に、花婿《はなむこ》は笑顔でいるものだ。たとえ政略結婚であっても、皆が見守る結婚式の場では笑みを浮かべるべきだろう。

しかし、ここにいる花婿は、式の最中ずっと無表情であった。式を終えた今、ドレス姿の花嫁が馬車を降りるのに悪戦苦闘していても、彼女に目もくれず屋敷へと戻っていく。

従者の手を借りてなんとか馬車から降りた花嫁は、おぼつかない足取りながら急いで花婿のあとを追う。

空を映し込んだような青色の屋根の大きな屋敷は、貴族の邸宅が建ち並ぶ王都中心部から、少し外れた所にある。門から玄関まで伸びる道の両脇には美しい花々が咲き誇り、夫婦になったばかりのふたりを出迎えてくれるが、花嫁に花を愛でる余裕などない。

彼女が掃除の行き届いたタイル張りの玄関ホールに足を踏み入れると、花婿の姿がやっと視界に入る。

なんとか追いついたことにホッとしたのも束の間、花嫁は彼の険しい表情を目にして小さく息を呑《の》んだ。

「叔父《おじ》に頼まれたから結婚したが、夫婦らしいことは期待するな。金は自由に使っていいが、俺に干渉しないという約束は守ってくれよ」

花嫁は一瞬身を固めるも、結婚式の時から浮かべている笑みを意識して作り上げる。

「……はい。どうかアレックス様も、私とのお約束をお守りください」

これが花嫁であるエリーゼ・キャスティアン……いや、エリーゼ・ルーズベルトが、夫となったアレックス・ルーズベルトと初めて交わした言葉であった。

「……わかっている」

それだけ言うと、アレックスは早足で自室へ帰っていった。

その後ろ姿を見送っていると、横から女性の優しげな声がかかる。

「奥様、わたくしはこの屋敷で侍女長を務めております、ソルティアと申します。どうぞよろしくお願いいたします」

「エリーゼです。これからお世話になります」

「もうここは奥様の家でもあるのですから、使用人にそのような丁寧な言葉をお使いにならなくても、よろしいのですよ。さあ、今日はお疲れでしょうから、お部屋へご案内しますね」

ソルティアは、眼鏡《めがね》をかけた少し厳格そうな顔立ちの女性で、エリーゼには自分の母親と同じくらいの年齢に思えた。顔を見て一瞬身がまえたエリーゼであったが、ソルティアの優しく丁寧な物言いに、歓迎されているのだと少し安心する。

そして案内された部屋に入ると、露出も締めつけも少ないドレスに着替え、ソファに腰を下ろした。

「お飲み物をお持ちしますね」

「ありがとうございます」

丁寧な口調のままのエリーゼに苦笑いを浮かべ、ソルティアは部屋をあとにする。

やっとひとりになれて落ち着いたエリーゼは、自分に与えられた部屋を眺めた。

白を基調とした部屋の中央部分には椅子とテーブルが、壁際にはドレッサーや机が置かれている。落ち着いた印象を受けるが、至る所に花が活けられているため、女性らしい雰囲気がある。

しかし、この部屋には、なくてはならないはずの物がなかった。

「お父様ったら、私が勝手にひとりで寝てしまわないか心配だったからって、本当に部屋にベッドを置かないようお願いしてたのね……」

これには、エリーゼの抱える大きな問題が関係していた。

・

キャスティアン伯爵家の長女として生まれたエリーゼ。その瞳は茶色く、緩くウェーブのかかった髪は蜂蜜《はちみつ》色をしている。小柄で可愛らしいけれど、美人ばかりの華やかな貴族の中では、いたって平凡な娘だった。

それでも、仲のいい両親と姉思いの弟に囲まれ、幸せで何不自由ない幼少期を送ってきた。

そんなある日、変化が訪れる。八歳になった頃からエリーゼは予知夢を見るようになったのだ。

最初はただの夢だと思い、両親に夢の内容を無邪気に話していたのだが……。その通りのことがしばしば現実で起こっていった。

それは、隣町の祭りで起こる小さなハプニングであったり、名も知らない遠くの国の内紛の様子であったり。内容は様々だったが、百発百中。

ただの夢はおぼろげなのに対し、予知夢は鮮明に見えるということもあり、エリーゼは夢を見ている時点で、『これは予知夢だ』と次第に認識できるようになった。

最初は驚いた両親も、この力を使えばいろいろなことができるのでは、と喜んだ。

しかし、そう甘いものではなかったのである。

エリーゼは予知夢を見れば見るほど、命が削られるかのように弱っていった。一回だけなら体調が崩れる程度で済《す》むけれど、連続して見ると、全身に痛みが走ったり、身体に力が入らなくなったりと症状は重くなっていく。時には、命の危険にさらされることもあった。

焦《あせ》った両親は王宮医師に原因を調べてもらったが、解決策は見つからない。

予知夢を見なければ、身体は回復していくけれど、週二ペースだった予知夢は、成長と共に見る回数が増え、今では寝ると必ず見てしまう。だから、眠った次の日は眠らないようにするなど、睡眠の頻度を減らしたり、薬で症状を抑えたりして、なんとか命をつなげている状態だった。

寝なければ疲労により衰弱し、寝ても予知夢を見て身体が弱る……その悪循環がエリーゼを苦しめた。

心配した両親は、何がきっかけでエリーゼが予知夢を見るかわからないため、極力刺激を与えないよう、彼女に人との接触を断たせた。そして、王宮で文官として働いていた父親は仕事を辞め、家族皆で領地に引きこもったのだ。

こうして十八歳を迎えた、箱入り娘のエリーゼ。

そんな彼女の人生を、ある予知夢が変える。それがアレックス・ルーズベルト伯爵との政略結婚へと繋《つな》がったのだった。

「はぁ……結婚初日にしてこの嫌われよう。まぁ、無理もないわね。彼にとっては無理やり結婚させられたのと同じなのだから」

エリーゼは今日一日のアレックスの態度を思い出して、深くため息をついた。

この結婚は、エリーゼの両親とアレックスの叔父の間で決められたものだった。

両者顔合わせで初めて会った時から、アレックスの顔には『嫌だ』と思い切り書いてあったのだが、彼は幼少の頃から叔父に大変世話になっていたため、この話を断れなかった。

だからこそ、エリーゼ本人に断ってほしいと思っていたのだろう……エリーゼはアレックスの態度からそう感じていたが、こちらも引くに引けない事情がある。

結果、両親と叔父の思惑通り、今日、エリーゼの姓は〝キャスティアン〟から〝ルーズベルト〟へと変わることになったのだ。

だが、問題は当の本人たちの間にある、大きな隔たりだ。

エリーゼは、〝夫婦らしい関係〟とまではいかなくても、せめて人として仲良くしていきたいと思っている。しかし、アレックスにこちらの条件を呑んで結婚してもらった手前、そのことを言いづらい。

一方のアレックスは夫婦になるどころか、関わりたくない、干渉されたくない、と頑《かたく》なにエリーゼを拒んでいる。

両親たちがしたような愛に溢《あふ》れた結婚は、予知夢を見るようになった段階でエリーゼは諦《あきら》めていた。いや、身体の弱い自分が結婚できるなんて、思っていなかった。

しかし、結婚するとなれば、旦那《だんな》様とは良好な関係を築きたい。『今日こそ顔合わせの時の挽回《ばんかい》を』と、意気込んできたのだが……。

「アレックス様のあの様子では無理そうね……あぁ、夜になるのが嫌だわ」

先のことを考えると心が折れそうになる。エリーゼはソファの背もたれに深く寄りかかったが、すぐにノック音が部屋に響き、慌てて姿勢を正す。

返事をすれば、ソルティアが紅茶セットを手に、申し訳なさそうに入ってきた。

「お、奥様」

「どうなさいましたか？」

「実はアレックス様がお出かけになりまして。お食事はおひとりで、と……申し訳ございません」

『本当に嫌われてしまったな』と思わず苦笑いを浮かべたものの、仕方のないことだと諦め、ソルティアに優しく笑いかけた。

「ソルティアさんが悪いのではないのですから、謝らないでください」

(悪いのは彼を縛りつけている私なのです)


「身体の調子はよさそうね、エリーゼ」

黒髪で黒い瞳の美しい女性は、妖艶《ようえん》で女性らしい身体をソファに収め、安堵《あんど》したように柔らかな笑みを浮かべた。

「ありがとう、ロゼッタ。ここ一週間、予知夢を見ることもないし、身体が楽よ」

「それはよかったわ。彼との結婚には反対だったけれど、エリーゼの様子を見ると、やっぱり正解だったのかしらね」

複雑そうな表情のロゼッタは、エリーゼの診察や予知夢の研究をしている王宮医師である。エリーゼの父親が信頼を寄せる王宮医師長に予知夢の調査を依頼したところ、歳が近いほうがエリーゼも怯《おび》えないだろう、という理由から彼の弟子であるロゼッタを診察に同伴するようになった。

そして、今では彼女がエリーゼの主治医をしている。十歳年上のロゼッタにとって、幼い頃から診《み》てきたエリーゼは妹のような存在であった。

「ええ。約束はここ一週間守ってくれているから、感謝しなくちゃ」

「その様子だと夫婦仲は最悪そうね……。というか、約束自体、夫婦で交わすような内容じゃないわ」

むっとするロゼッタに苦笑いしながら、エリーゼはアレックスのことを頭に思い浮かべる。

エリーゼより四歳年上のアレックス・ルーズベルト伯爵は、癖《くせ》のない藤色の髪に碧《へき》眼《がん》の、優しげな印象の美丈夫だ。しかし、その甘い顔立ちとは対照的に剣の腕は素晴らしく、ローゼリア王国第一王子ジョイル・アーロン・ローゼリアの近衛《このえ》騎士として活躍している。

容貌の美しさや騎士としての実力で有名なアレックスは、貴族令嬢のみならず王宮で働く女性たちにも人気《にんき》があった。

彼の甘い微笑《ほほえ》みと紳士的な振る舞いで、どんな女性でも落ちてしまうせいか、彼は〝恋多き男〟としても目立つ存在だった。アレックスとの恋仲を噂《うわさ》された女性は数知れず、『ただの遊び人』と陰で言われたりもしている。

ただ、そう見なされてしまうのは、なぜか交際が長く続かないからであり、本人に遊んでいるつもりは全くない。アレックスは純粋に、〝生涯愛せる女性〟を探し求めているだけであった。

女性に困ることもなく、人生を自由に謳歌《おうか》していたアレックス。

そんな彼に、半ば強引に嫁《とつ》いだのがエリーゼだ。

「彼に結婚を押しつけたのは、私だから」

エリーゼはそう小さく呟《つぶや》き、紅茶を飲むことで気を紛らわせようとする。

そんな彼女を見て、ロゼッタは『エリーゼの予知夢さえなければ、あんな男に嫁がせなかったのに』と悔しがる。

エリーゼがアレックスと結婚するきっかけとなった予知夢。それは、元気そうなエリーゼが、アレックスに『あなたのそばでなら私は生きられます。本当に感謝しています』と伝えているものだった。

予知夢を見れば、命が削られてしまうエリーゼ。そんな彼女が生きられるということは、アレックスのそばにいれば、『予知夢を見ないで済む』、もしくは、『予知夢を見ても身体にダメージを受けない』ということだ。

ロゼッタの長年の調査によって『エリーゼが予知夢を見るのは、真夜中から太陽が昇り始めるまで』ということが判明していた。だから、その時間帯にふたりが一緒に寝れば、『アレックスと一緒にいると、エリーゼが生きられる理由』がはっきりすると考えたのだが……。

付き合ってもいない、ましてや面識の一切ない男女に、そのような状況は作れなかった。しかし、一刻の猶予もない状況だったため、両親はエリーゼをアレックスのもとに嫁がせると決心したのだ。

「一緒に寝てから予知夢を見なくなったのよね？　それなら、やっぱり彼には夢を見させない何かがあるのだと思うの」

「そう、だと思う」

「彼のことを調べさせてくれないかしら。予知夢を見なくなった原因がもしわかれば、結婚生活を続けなくてもよくなるかもしれない！」

少しの希望が見えて興奮ぎみのロゼッタは、気づいていなかった。

エリーゼが、悲しげに窓の外を見つめていたことに。

「それではおやすみなさい、ソルティアさん」

「おやすみなさいませ、奥様」

エリーゼはロゼッタを見送ってひとりで食事をとると、侍女に寝る支度をしてもらい、寝室へと向かう。

ここ一週間、エリーゼはアレックスの姿を見ていなかった。仕事を終えたアレックスは、そのまま遊びに行っているのか、エリーゼの起きている時間に屋敷へ帰ってくることはない。

そして朝起きれば、すでに彼の姿はベッドにはない。ただ、ベッドの隣の空間に残る微《かす》かな温もりだけが、彼が先ほどまでそこにいたであろうことを物語っていた。

結婚初日には一応、初夜のためにと髪から身体まですべてを綺麗に整えて待ってはいたものの、アレックスが姿を現すことはなかった。

正直、エリーゼはこうなることを予想していたため、落胆しなかった。それよりもアレックスが約束を守ってくれるかのほうが心配だった。

彼との結婚にあたって、アレックスとの間で交わした約束とは――。

『真夜中までには屋敷に戻り、エリーゼの隣で眠る』ということ。

これは、エリーゼを予知夢から守るために、どうしても必要だった。

しかし、こんな条件を呑んでまで、どうしてアレックス側がエリーゼとの結婚を承諾したのか、エリーゼにはわからなかった。この結婚をすることによって、エリーゼ側はともかく、ルーズベルト伯爵家に利点があるとは思えなかったのだ。

ルーズベルト伯爵家はお金に困っているわけでもないし、家柄も悪くない。エリーゼと結婚して得することなどひとつもないし、アレックス本人も乗り気ではなかった。

それなのに、叔父であるベネリス・ルーズベルトはこの結婚を推し進めたのだ。

夫婦の寝室はアレックスとエリーゼの自室の間にあり、廊下に出なくてもいいよう扉で繋がっていた。寝室は、大きなベッドと椅子やテーブルがあるだけのシンプルなものだ。

初めてこの部屋を見た時、まるで私たち夫婦のように淡白だと、エリーゼは小さく笑った。昼間は顔を合わさず、寝る時だけともに過ごす。アレックスは結婚が決まった時からそうしようと考えていたのだ、と痛感せざるを得なかった。

「……何もない部屋ね」

安らぎも愛も、何もない夫婦の寝室。それは家族仲がよく、笑いの絶えない生活を送ってきたエリーゼにとって、ひどく寂しいものに思えた。

窓へと近づき、玄関先を眺める。それはエリーゼがこの屋敷に来た時から無意識にやり始めたことだ。

彼を好きなわけでも、待ちわびているわけでもない。彼が帰ってきたからといって喜ぶわけでもない。ただ、彼はエリーゼが予知夢を見なくて済むための、唯一の存在だから、つい帰りを気にしてしまうのだ。

これ以上の贅沢《ぜいたく》を言ってはいけない。彼に愛や会話、温もり——欲しいものを求められる立場ではないのだから。

時間の使い方

エリーゼは珍しく、空気が冷たく、まだ太陽も昇っていない早朝にふと目を覚ました。最近はアレックスと寝ることで予知夢を見なくなり、身体の痛みもなくなって熟睡できているため、早い時間に起きることはない。

窓の外がまだ暗かったため、『もう一度寝よう』と寝返りを打ったエリーゼは、驚きで息を呑んだ。いつもはいないアレックスが、隣で寝ていたのだ。

白く大きな枕に頭を沈め、口元まで布団《ふとん》で覆って身体を丸めているアレックスを見て、エリーゼは『まるで猫みたいだ』と思った。

今までで、しっかりと彼を見たのは、顔合わせの時と結婚式の時だけ。それも、目が合えば迷惑そうに顔を歪《ゆが》められていたので、さすがのエリーゼも直視などできなかった。

だから、アレックスが熟睡していることを確認したエリーゼは、少しだけ自分の夫を観察することにした。まぁ、観察といっても鼻から上しか見えていないのだが。

艶《つや》のある藤色の髪は枕の上に広がり、睫毛《まつげ》も長く、鼻は高い。白い肌のアレックスは、寝ていれば女性のような美しさと儚《はかな》さを感じさせ、思わず見とれてしまう。

いつもは歪められている碧眼も、ほかの人に向けられる時は甘く、優しさを含んだものになるのだろう。

『平凡な外見の私は、到底釣り合いそうもない』とエリーゼはため息をついた。

腕の立つ騎士が、小さく丸まって寝ているという光景が、なんだか不思議に思える。

『この無防備な彼を、私だけが見ることができる』と思うと、少し嬉しくなるエリーゼだった。


あれから結局、二度寝したエリーゼが目を覚ますと、いつも通りアレックスはいなかった。

これでも侍女が起こしに来る前で、令嬢としては早い時間から起きているのだが……。

起こしに来た侍女を朝の挨拶《あいさつ》とともに迎え入れ、支度を済ませてひとりで朝食をとる。ルーズベルト夫人になって十日。もうひとりの食事にも慣れてしまった。

ただ、いまだに慣れないことは『奥様』と呼ばれることと、暇を潰すことだ。勝手知ったる屋敷ではないので、あまり自由に動き回ることもできず、だからといってずっと本を読んだり、刺繍《ししゅう》をしたりするのも飽きてしまう。

そこで、今日は庭を散策することにした。侍女たちには『ひとりで散策したい』とお願いし、綺麗に整えられた庭先に出る。

「うわぁ……部屋から見るのとでは、全く違うわね」

屋敷の前を彩る大きな花壇には、様々な種類の花が植えられ、煉瓦《れんが》でできた塀《へい》に沿うように木々が等間隔に植えられている。

まるで一枚絵のような光景を目にしたエリーゼは、気分が一気に浮上し、感嘆の息を漏《も》らした。侍女から渡されていた日傘をくるくる回しながら、ゆっくりと花々を観察していると、この屋敷に来て初めて解放感を得られた。

「……お、奥様？」

「え？」

突然、後ろから困惑ぎみに呼ばれ、エリーゼは間抜けな声をあげる。

振り返ると、そこには身体の大きな男性が立っていた。優しげな顔立ちの男性もまた、ソルティアと同じくらいの年齢だろうと窺《うかが》える。

「あ、すみません。勝手に入ってしまって」

「いえいえ、違うのです。まさか奥様がいらっしゃるとは思わなかったので、驚いてしまいまして。申し訳ありません。お初にお目にかかります。私は庭師のハルクレットと申します。よろしくお願いいたします」

「エリーゼです。こちらこそよろしくお願いします」

丁寧に頭を下げたエリーゼ。

それを見たハルクレットは、「ソルティアの言う通り、遠慮なさっているのかな」と呟く。

エリーゼはそのことに気づかず、庭へと視線を戻した。

「ここの花々は、どれも綺麗ですね」

「こちらにある花は、ほとんどがアレックス様のお母様であるジュリエッタ様が選んだ花なのです」

「そうなのですか」

そう語るハルクレットは懐かしげに顔を緩め、花々を見つめる。

「ハルクレットさんは、アレックス様のお父様の代から庭師を？」

「はい。とても仲睦《むつ》まじくお優しいご夫婦でした。アレックス様が四歳の時、事故でお亡くなりになってしまいましたが、それはもうアレックス様を目に入れても痛くないほどの可愛がりようで……」

ルーズベルト伯爵家の前当主であるオズベルクとその妻、ジュリエッタはアレックスが四歳の時に領地から帰る途中、事故で亡くなった。

そのため、まだ幼かったアレックスの代わりに、当主代行を務めたのが叔父であるベネリスだ。ベネリスはオズベルクの弟で伯爵家の当主になることもできたのだが、甥《おい》のアレックスに引き継がせたいと代行にとどまった。

ベネリスは領主としての役割を果たしつつ、アレックスが成人するまで、彼の面倒も見ていた。

アレックスは領主の座を受け渡された今も、近衛騎士という仕事の関係でなかなか王都から離れられない。

だから彼を補佐するため、ベネリスは領地にとどまり、領民の生活を見守っているという。

そんなわけで、アレックスはベネリスに頭が上がらないのだ。

「奥様に対するアレックス様の態度、本当に申し訳ございません。アレックス様は使用人の私たちには、お優しい方なのですが……」

「そんな。ハルクレットさんが謝ることではありません。それに、無理やり結婚していただいたのですから」

「とんでもないです！　私どもは、アレックス様が奥様のような方と結婚できたことを、心から喜んでおります」

「ふふふ。皆さん、アレックス様のことが大好きなのですね」

ソルティアといいハルクレットといい、この屋敷の使用人たちはアレックスの行いを、自分のことのように謝ってくる。それは嫌味などではなく、アレックスを思い、彼を少しでも庇《かば》おうとしているからだとエリーゼにはわかる。

それがなんとなく自分の家族と重なり、エリーゼは微笑ましく思っていた。

「誠に勝手ながら、少しアレックス様のお話をしてもよろしいでしょうか？」

「もちろんです」

真剣な眼差《まなざ》しを向けてくるハルクレットの言葉を、エリーゼは無碍《むげ》にすることができなかった。いや、アレックスのことを知るチャンスだと思った。エリーゼもまた、ほかの人と同じように、アレックスを噂の中でしか知らなかったからである。

「ありがとうございます。……アレックス様はとても明るく、素直なお子様でした。しかし、いつの頃からか、私どもにお心を隠されるようになりました。いくら私どもが愛情を持って接しようとも、ご両親からの愛には敵わなかったのかもしれません。学院に入ってからは、幾人かの女性とお付き合いもしていたようです。ですが、遊びというわけでは断じてありません！　アレックス様は、真に愛せる女性を求めていただけで……あの、その」

「落ち着いてください。私は大丈夫ですから」

焦ったように口ごもるハルクレットを宥《なだ》めるように、エリーゼは意識して微笑む。

「……失礼いたしました。アレックス様の奥様に対する行いは、許されるものではありません。ただ、今のアレックス様は、反発心のみで動いている気がするのです。奥様にはご迷惑ばかりおかけすると思いますが、もう少し、もう少しだけ、アレックス様を見放さないでいただけませんでしょうか」

深く頭を下げるハルクレットを見つめながら、エリーゼは思う。こんなにも愛情深く思ってくれる人がいるのに、アレックスはなぜそれだけで満足しないのだろうか、と。家族の愛しか知らないエリーゼには、アレックスの探す愛がよくわからない。

生き抜けるかさえわからないエリーゼは、とうの昔に恋愛は自分には縁がないものだと諦めてしまっていたからだ。

家族からの愛、使用人からの愛、アレックスの探している愛、何が違うのかわからない以上、アレックスの行動が単なる我がままだとも言い切れない。

それより、心から愛せる女性を探している途中のアレックスに足枷《あしかせ》をはめてしまって、罪悪感を覚えてしまう。

しかし、エリーゼも人間である。愛しているわけではないアレックス相手でも、無視されるのは悲しいし、つまらない一生を屋敷の隅で送ることだって嫌なのだ。それならいっそ、約束通り彼に干渉せず、彼の〝愛する人探し〟を受け入れる代わりに、罪悪感でビクつくことをやめ、堂々と生活してもいいだろうか。

さすがに好き放題するつもりはないが、予知夢という問題が発生しない今、エリーゼにだってやりたいことのひとつやふたつはある。

「それならハルクレットさん、ひとつお願いを聞いてもらえますか？」

「私にできることなら、なんなりとお申しつけください」

「それでは、これから私も一緒に庭仕事をしてもいいですか？」

「え、あの、庭仕事ですか？　それはまた、なぜ？」

まさかのお願いに目を白黒させたハルクレットに、エリーゼは今日一番の満面の笑みを向ける。

「私、予知夢を見るせいで幼い頃から身体が弱くて、屋敷の外に出ることもほとんどなかったのです。だから、やってみたくて！」

外で遊ぶ子供をいつも部屋の窓から見ては、羨《うらや》ましいと思っていたエリーゼ。

彼女にとって、庭仕事は外で身近にできる遊びとしてうってつけだった。敷地の中でなら婦人らしくないなどと言われることもないだろうし、長年の夢も叶うのだ。

暇まで潰せて、一石二鳥である。

「しかし、ソルティアに怒られますよ」

「大丈夫です！　お願いします！」

「……わかりました」

こうしてエリーゼは、自分の居場所を見つけたのであった。

すれ違う夫婦

太陽が顔を出し始め、空がうっすら明るくなってきた頃、アレックスはいつものように布団から抜け出た。どんなに夜遅くに寝ようとも、起こされることなく毎日同じ時刻に目が覚める。

しかし、結婚してからはエリーゼと顔を合わせないようにするために、今までよりも早く起き、早く仕事に向かっている。それが苦にならないのは、『真夜中までには屋敷に戻り、エリーゼの隣で眠る』という約束を守るため、以前より早くベッドに入っているからだろう。

アレックスは、自分が布団から抜け出しても、気づくことなく安心しきって眠るエリーゼを一瞥《いちべつ》する。

今まで関わった女性の中でも、断トツで平凡な顔立ち、肉付きの悪い身体。女としての魅力を感じさせないうえに、自分の意思を主張してこないので、何を考えているのかもわからない。

アレックスはエリーゼを見るたび、『自分の運命はなぜこうなってしまったのだろうか』と思わずにはいられなかった。

エリーゼを初めて見た時の印象を、アレックスは覚えていない。

叔父ベネリスに呼ばれて出向いてみれば、結婚相手との顔合わせという、受け入れがたい状況だったからだ。

当然、動揺しないはずはなく、顔を伏《ふ》せておどおどしているエリーゼに、腹が立ったことくらいしか覚えていない。

納得がいかないまま帰ってきて、どういうつもりかベネリスに問いただしたところ、彼はエリーゼの抱える事情と、彼女が見たアレックスとの予知夢の話をした。

それを聞いて『はい、そうですか』なんて言えるわけがない。見ず知らずの女を救うために犠牲《ぎせい》になれと言うのか。ベネリスは、アレックスが心から愛せる女性を探していることを知っているのに。

悔しさで唇《くちびる》を噛《か》みしめるアレックスに、叔父ベネリスは『今のお前の探し方では見つからんよ。この話は受けるからな』と言い残して去っていった。

そして、アレックスの心の中に絶望と怒りが湧き起こった。

結婚式のあと、エリーゼに『干渉するな』と言った時、彼女は迷うことなく了承した。自分との約束も守れと添えて。

その時、アレックスは理解し、安堵したのだ。彼女は自分の命を長らえさせるためだけに結婚した。それならば、俺が真実の愛を探しても、問題はないだろうと。こうしてアレックスの中にあった、小さな罪悪感は消え去ったのだった。

アレックスは寝室から隣の自室へと移動した。そしてあらかじめ用意されていた騎士服に着替え、藤色の髪に軽く櫛《くし》を通して身なりを整える。騎士であるアレックスは、身の回りのことをひとりでできるので、使用人に頼むことはない。

そのまま食堂へと向かえば、いつものように執事のペイソンと、侍女長のソルティアが待っていた。

彼らは、父の代からこの家に仕えてくれている、気のおけない者たちだ。

「おはよう。ふたりとも」

「おはようございます。アレックス様」

長年仕えているためか、ペイソンとソルティアは一糸乱れず頭を下げた。

そんなふたりに向けるアレックスの表情は、柔らかい。

「じゃあ、朝の報告を頼むよ」

アレックスはいつも朝食を食べながら、昨日の報告や今後の予定を聞く。仕事で日中ほとんど王宮にいるアレックスではあるが、ベネリスに当主を引き渡されてから、領主としても働いていた。

そんな忙しいアレックスのサポートをしてくれるのが、執事のペイソンと、屋敷を取り仕切ってくれる、侍女長のソルティアである。

「では、わたくしから。昨日で奥様に必要な物はすべて揃《そろ》いました。しかし、服を何着か増やしとうございます」

「服を増やす？　別にかまわないが、持ち込んだドレスが少ないのか？」

怪訝そうな顔で問いかけたアレックスは、次にソルティアの口から出た言葉を聞き、目を見開いた。

「汚れても目立たず、動きやすい物が欲しいのです。奥様は昨日から庭仕事を始められまして……」

「な⁉　庭仕事だと？　ハルクレットに何かあったのか？」

「いいえ。ハルクレットと一緒にやっておいでです」

まさかの事態に頭を抱えるアレックス。

ソルティアが「幼い頃は身体が弱く、外に出られなかったからだそうです」と告げると、苦虫を噛み潰したような顔になる。

「……まぁいい。好きにさせておけ」

「かしこまりました」

考えることを放棄したのか、アレックスはソルティアに丸投げした。そして気を取り直し、朝食に手をつける。

続いて、ペイソンが報告し始めた。彼は大変優秀で、主であるアレックスにも厳しい、威厳たっぷりの白髪の男だ。

「アレックス様、夜会の招待状が届いております。もちろん奥様とご一緒に、とのことです」

「それなら——」

「お受けすると、お返事しておきました」

「おい、ペイソン！」

「なんでしょうか？」

アレックスが断ることはわかっていたため、ペイソンは許可を取ることなく招待を受けたのだ。

『勝手に何をしている』と訴えるアレックスの目を見ても、平然としているペイソンに、アレックスは諦めたようにうなだれた。

「俺の気持ちは無視か」

「奥様には、アレックス様からお伝えください」

「な⁉」

「アレックス様、お時間が迫っております。急いでお召し上がりくださいな」

文句を言おうと立ち上がったアレックスを、ソルティアは難なく座らせ、使用人はそそくさと食堂を出ていく。

「くそっ……皆敵か」

残されたアレックスは、消化しきれない思いとともに朝食を飲み込んでいった。


アレックスとの関係に変化があるわけではないものの、エリーゼは予知夢を見なくなったおかげで体調のいい日々を過ごしていた。今までできないと諦めていたことをやれている今の生活に、充実感を覚え始めていた。

ただ、朝起きれば今日も例外なく、隣はもぬけの殻である。

アレックスの寝ていた場所をジッと眺めて小さく息を吐くと、それを合図にしたかのようにソルティアが部屋へ入ってきた。

「おはようございます、ソルティアさん」

「おはようございます、奥様。本日も庭仕事をなさいますか？」

「もちろんです。やっと慣れてきました。まだ虫には飛び上がっちゃうんですけどね」

庭仕事を始めて数日。

やっと本来の笑顔を取り戻したエリーゼを、ソルティアは嬉しそうに眺める。

「楽しそうで何よりです。そうそう、アレックス様から許可をいただきまして、庭仕事をしやすい服をご用意しました」

「わぁ、嬉しいです！　ありがとうございます。アレックス様にも、お礼を言わなくてはいけませんね」

そう言いながら、エリーゼはどうしたらアレックスに感謝の気持ちを伝えられるかを考えていた。

同じ屋敷で生活していながら、顔を合わせることがないので、手紙が無難だと結論づける。あとでソルティアに紙と封筒をもらおうと考えながら、部屋に戻って庭仕事用の服に着替える。

飾りのない簡素な長袖《そで》のドレスに、薄く軽い生地のパンツを合わせる。

貴族令嬢のする格好とは到底思えない代物であったが、エリーゼは虫に刺《さ》されなさそうだと喜んだ。

ソルティアとしては、エプロンを着ければ、汚れてもあまりみすぼらしくはならなそうなドレスを選んだつもりだが、エリーゼはそこまで気にしていないようだ。

早く庭に出たいエリーゼは、朝食を素早く食べ、準備もそこそこに庭に向かう。

庭で仕事を始めていたハルクレットは、エリーゼの格好を見て思わず顔を緩めた。

弟子のようについて回り、花や木、土の細かいことについて質問攻めにしてくるエリーゼは、口だけでなく手もしっかり動かす、頼もしい助手だ。

ハルクレットは、アレックスの母・ジュリエッタも、同じようにたくさんの質問をしてきたことを思い出し、エリーゼをとても気に入った。


エリーゼは、ひと通りの庭仕事をして、日差しの強くなる昼前に部屋へ戻った。室内が少しでも明るくなるように、とハルクレットから譲ってもらった花を寝室に活け、自室で本を読む。

そんなエリーゼのもとに、ソルティアが近づいてきた。

「奥様、アレックス様がお帰りになりまして、お話があるとのことです」

「おは、なし?」

もう夕食の時間かと慌てて本を片づけようとしたエリーゼは、ソルティアの言葉で思わず本を落とす。

アレックスの妻となって二週間。結婚式以来、顔を合わせることのなかった夫と話す時がついに来た。

「わ、わかりました。すぐに向かいます」

本を拾い上げたエリーゼは栞《しおり》を挟《はさ》むのも忘れ、待たせないようにと急いで部屋を出る。足音をたてないように気をつけながら、廊下を早足で歩き、アレックスの待つ食堂へと向かった。

食堂に近づくにつれ、エリーゼの鼓動《こどう》は速くなっていく。まともに顔を合わせることも言葉を交わすこともなかったアレックスとの面会に、ひどく緊張していた。

またアレックスに拒絶されないか、しっかり話すことができるかという不安と、関係を変えるきっかけになるかもしれないという期待が、エリーゼに押し寄せる。

しかし、『なぜ呼び出されたのか』という根本的な疑問は浮かばなかった。それほどに舞い上がっていたのだろう。

食堂の前で一度身なりを確認し、顔の筋肉をほぐしてから大きく息を吐く。扉を開けずに待っていてくれたソルティアに頷《うなず》くと、食堂の扉がゆっくりと開かれた。

部屋にいるのは長い足を組み、椅子に座るアレックスただひとり。

案内してくれたソルティアもすぐに部屋を出ていき、その場にいるのはふたりだけとなる。

藤色の美しい髪が揺れ、伏せられていたアレックスの目がこちらに向けられる。

その場に立ち尽くしたままのエリーゼは、彼と初めて正面から向き合った。噂に聞くような優しさや甘さは感じられないけれど、彼の澄んだ瞳から目が離せなかった。

「何をしている。座れ」

「は、はい」

重い足を進めてテーブルに近づき、どの席に座るべきか一瞬悩む。そして、長テーブルの当主席に座るアレックスの、ひとつ席を空《あ》けた斜め向かいに腰を下ろした。声を張らなくても話すことができ、それでいて近すぎない距離だ。

選んだ席に対してアレックスに咎《とが》められることはなく、エリーゼはホッと胸を撫《な》で下ろす。そして、冷静になりつつある頭で、『挨拶をしなくては』と思い至る。

「おかえりなさいませ」

「そういうのはいい。それより夜会がある」

「え？」

なんの前振りもなく唐突に告げられた内容に、エリーゼは挨拶を拒否されたことも忘れて、間抜けな声をあげた。

アレックスは、そんなエリーゼを気にとめることなく続ける。

「君には妻として出席してもらう」

「妻、として……あ、あの、私は今まで家から出たことがなく、夜会などにも出席したことがないのですが」

エリーゼの言葉を聞いたアレックスは眉間に皺《しわ》を寄せ、重い息を吐くと何かを考え始めた。

「だから断ればよかったものを」とブツブツ文句を言うアレックスの言葉は、エリーゼには届かない。

テーブルを睨《にら》みつけるアレックスを、エリーゼは怯えながら見つめていた。

「仕方ない。わからないことはソルティアに聞け。夜会は挨拶が終われば、体調が悪いだのなんだの言って帰ればいい」

その言葉に、エリーゼはアレックスが自分を気遣ってくれている、と思い、感動しかけるが、次の言葉で勘違いだと理解する。

「あぁ、君ひとりで帰ってくれよ？　俺には干渉しないのが約束だからな」

『そういうことか……』と落胆するエリーゼをよそに、話は終わったと席を立つアレックス。

　エリーゼは、慌てて彼を引き止めた。

「アレックス様。あの、庭仕事をすることを認めてくださったばかりか、動きやすい服までご用意いただき、ありがとうございました」

　立ち上がり、頭を下げたエリーゼにアレックスは表情を歪める。

「別に、好きにしろと言っただけだ」

　それだけ言うと、アレックスは部屋を出ていった。

　冷たく言い放たれたけれど、エリーゼはその言葉に感謝こそすれ、腹を立てることはなかった。なぜなら、不快な存在であろうエリーゼに、自分の屋敷で自由に生活することを許してくれているのだ。部屋に閉じ込めるのでもなく、エリーゼとの約束まで守り、好きにさせてくれている。

　それが今の充実した生活に繋がっているのだから、エリーゼはありがたいと素直に思っていた。

「でも、あれだけ嫌われると、少し悲しいかな……いや、それよりも今の問題は夜会よね。まずは、ソルティアさんに相談しなきゃ」

　夜会に出席したことがないエリーゼだが、今回は『知らない』、『わからない』では済まされない。ルーズベルト伯爵夫人として出席するのだ。お世話になっているルーズベルト家の顔に、泥を塗《ぬ》るような真似はできない。

急いでソルティアを探さなきゃと部屋を出たエリーゼは、扉を開けてすぐに、廊下に立っているソルティアを発見した。きっとこうなるとわかっていて待っていてくれたのだろうと思い、自然と笑みがこぼれる。

「ソルティアさん、いろいろ聞きたいことがあります。よろしくお願いします」

「わかっておりますよ。まずはドレスからですね。あまり時間がないので、新しく作ることはできませんが」

「今まで人と会うことがなかったので、私のドレスをなんとかできますか？」

「お任せください。必ずや素晴らしいものにいたします」

それから夜会までの数日、皆忙しい時間を送っていた。

エリーゼは、貴族たちの名前と見た目の特徴を覚え直し、マナーやダンスの復習、髪や顔も念入りにお手入れされた。「日焼けは美容の天敵です」と侍女たちに言われ、夜会までの間は庭仕事をさせてもらえなかった。

侍女たちのほうがなぜか気合いが入っていて、エリーゼは皆の期待に応えられるだろうか、若干不安になった。

夜会に挑む

そして夜会当日。

エリーゼはドレスをまとい、身なりを整えられていく。蜂蜜色の艶のある髪は複雑に編み込まれ、庭で育てた色とりどりの小さな花々で飾られている。

もともと持っていたドレスは、優秀な侍女たちがゴージャスに作り変えてくれて、胸元に細やかな銀の刺繍が施されている。

身体の不調がなくなったエリーゼは、少しずつ肉付きがよくなってきたものの、まだ細さが目立つ。

けれど、ドレープをふんだんに使ったスカートが、華奢すぎるエリーゼの体型をしっかり隠していた。

まるで花の妖精のような可憐《かれん》な装いに、侍女たちは満足げだ。

以前のエリーゼに比べれば、血色も体調もいい。

初めての夜会に向かうコンディションとしては、最高だった。

ただ不安なのは、パートナーであるアレックスと、どのように接すればいいのか、いまだにわからないこと。そして、アレックスが今まで仲良くしていたであろう女性たちがたくさんいる中で、社交界……いや、人と接することに慣れていない自分が平然としていられるのか、心配で仕方がない。

「奥様、そろそろお時間です」

「はい」

「初めての夜会をお楽しみになる、くらいの軽い気持ちで臨んでいただければ、結構ですから。無理をしなくて大丈夫ですよ」

ソルティアの優しい言葉に勇気づけられ、エリーゼは自室から玄関へと向かう。

入口にはすでに馬車が停まっており、そばには不機嫌そうに待つアレックスと、彼にぴったりくっついて立つペイソンがいた。

アレックスはペイソンに何やら注意されているようだが、エリーゼにはそんなことを気にする余裕はない。

なぜなら、銀色の生地に青い刺繍の施された礼服をまとうアレックスの美しさに、見とれてしまっていたからだった。

甘い顔立ちだが立ち姿は騎士そのもの。撫でつけられた藤色の髪からは、男の色気が漂ってきて、青い瞳をこちらに向けられただけで、吸い込まれてしまいそうになる。

ドクンドクンと高鳴る胸を抑えながら、その美しさに感動する一方、こんな方の隣を歩くということに、引け目を感じずにはいられなかった。

「アレックス様、くれぐれも……」

「わかった。しつこいぞ、ペイソン。よし、行くぞ」

エリーゼは内心ビクつきながらも、なんとかアレックスのもとまで辿り着く。

「は、はい。本日はよろしくお願いいたします」

今回は馬車に乗る際、アレックスが手を貸してくれて、エリーゼは感動した。

その後ろで、ペイソンはどこか威圧的なオーラをアレックスへ放っている。

それに気がついたエリーゼは不思議に思うも、ペイソンの気迫に押されて曖昧《あいまい》な笑みを返すことしかできなかった。

こうして、エリーゼにとって初めての夜会が幕を開けた。


エリーゼたちの住むローゼリア王国は、自然豊かで農業・漁業が盛んである。また、景色が美しく観光地としても有名で、小国ながらとても力のある国だ。

そのため、過去には侵略されかけたことも何度かあったが、友好関係にある隣国のヘルス王国の協力によって難を逃れてきた。

そんなローゼリア王国の王都の中を、エリーゼたちを乗せた馬車が走り抜ける。

アレックスはずっと黙ったままで、向かい側に座っているエリーゼは気まずい思いをさせられた。しかし、カーテンの隙間《すきま》から窓の外を覗《のぞ》くと、真っ白な壁と青い屋根の家々が建ち並び、その光景に目を奪われる。

エリーゼは予知夢を見るようになってから、王都から離れたキャスティアン伯爵家の領地で生活していた。王都にいた八歳までの記憶はほとんどなく、社交シーズンも領地を出ることはない。結婚式までは両親が人に会わせないよう配慮していたため、しっかり王都を見たことがなかったのだ。

今思えば、箱入り娘などという甘い言葉で表すには、いささか制限が厳しすぎだった気もするが、それも親の愛だったのだろう。

両親は予知夢が悪用されることを、一番恐れていた。下手《へた》に誰かに知られれば、エリーゼの力を狙う者だって現れかねない。

だからこそ、外には出してもらえないのだろうと、エリーゼは幼心に理解していた。

両親が王宮医師に予知夢の調査を依頼をする際も、国に知られないよう、学生時代からの旧知の仲で、最も信頼できる王宮医師長に直接相談をした。そして、珍しい症例の調査という名目で、ロゼッタを派遣し続けてもらっている。

このことからも、両親は国に利用されることを恐れていたとわかる。

「今日の夜会では極力話さず、俺の後ろに控えていろ」

「っ！」

外の景色を見ながら幼少期のことを思い出していたエリーゼは、突然アレックスに話しかけられて驚き、身体をビクつかせた。

そんなエリーゼに呆《あき》れた目を向けつつ、アレックスは話し続ける。

「今夜は君が一番注目される」

アレックスの言いたいことはわかっている。

いろんな意味で、社交界の有名人であるアレックスが結婚したのだ。その相手がどんな娘なのかは、皆が気にするところだろう。ましてやその娘は、社交界に一度も姿を現したことのない、キャスティアン伯爵家の娘なのだ。

だからこそエリーゼも緊張していたのだが、アレックスはエリーゼがそばにいることを容認してくれるらしい。

「私がおそばにいても、かまわないのですか？」

友人や女性と話したいアレックスにとって、自分はきっと邪魔だろう……そう思っていたエリーゼは、咄嗟《とっさ》に疑問を口にする。

言葉を受けたアレックスは、眉間にぐっと皺を寄せると、視線を外へ向けた。

「結婚してすぐに夫婦仲が悪いなんて噂が立てば、ジョイル殿下の評価にも影響しかねない。君は一応、俺の妻だからな」

「は、はい！　ご迷惑をおかけしないよう頑張りますので、本日はよろしくお願いします」

初めての夜会に、ひとりで挑むよりも心強くなり、ホッとしたエリーゼは笑顔で頭を下げる。

アレックスはそんなエリーゼを一瞥しただけで、返答しなかった。再び窓の外を眺め始めたエリーゼが小さく感嘆の声をあげ、アレックスはふぅと短く息を吐く。

自分にとっては、賑わいを見せる商店街も、白と青で統一された街並みも、遠くに見える夕日だって見慣れた景色だ。こんなことで喜ぶのかと思うと、今まで付き合ってきた女性との違いをまざまざと見せつけられているようで、なぜこんなにも価値観が異なる女性を妻に、と気が滅入る。

しかし、エリーゼを放っておくつもりはなかった。

なぜなら、ペイソンからエリーゼを絶対にひとりにするな、と口酸《す》っぱく言われているからだ。その小言は屋敷を出るギリギリまで続いた。

『言い寄ってきた女性なら誰とでも付き合い、すぐに別れるような男』と言われているアレックスだが、事実は少し違う。

確かに付き合った女性の数は多いが、ちゃんと相手は選んできた。婚約者のいる女性や既婚者に言い寄られたことも何度もあるが、そういう女性とは付き合わない。

誰にでも笑顔を振りまくのは、貴族としては当たり前で、アレックスの甘く美しい笑顔に女性が惹《ひ》きつけられてしまうのは必然と言える。

真実の愛を探しているアレックスにとって、自分に好意を寄せてくれる女性を無碍にできるはずもなく、毎回この女性が運命の相手なのかと思い、交際を始めるのだ。

結果から言えば、その女性たちとは続かず、別れてはすぐにまた新しい相手と付き合いだす。別れを切り出すのが、大抵アレックスのほうからなので、『恋多き遊び人』というレッテルが貼られてしまったのだ。

こんなアレックスではあるが、人気が落ちることはない。アレックスと恋をしたい、彼の心を射止めたい、と思っている女性は数多く、中には遊びでもいいという者までいる。

だからこそ、ペイソンに釘を刺されたのだ。

たとえ政略結婚だったとしても、なんの非もないエリーゼに、ほかの女性たちからの妬《ねた》みによる嫌がらせが降りかかることがあってはならない、と。要は『自分の責任なのだから、自分でエリーゼを守れ』ということだ。

結婚式の際に見せた、妻を顧みない態度を例に挙げてまで、夫としての振る舞いをしっかりとしろ、と注意されてしまった。

ペイソンのあまりの威圧感に反論もできず、アレックスは渋々了承して、先ほどの発言に至ったのである。今日の夜会のことを考えると、再びため息が漏れそうになり、懸命に呑み込んだ。

今回の夜会は、騎士団長を務めるカムイル・フィリクス公爵家で開かれる。

カムイルは、現国王の妹であるコロネット王女を妻に娶《めと》った人物だ。剣の腕はもちろん、人柄も素晴らしく、騎士だけでなく貴族からも慕われている。

ペイソンが、エリーゼのお披露目《ひろめ》場所にフィリクス公爵家の夜会を選んだのは、ほかの夜会に比べて安全だと判断したからだ。

馬車が大きな屋敷の前に停まると、アレックスは素早く降りてエリーゼに手を差し伸べる。今夜は〝仲のいい夫婦〟を、しっかり演じきるつもりなのだろう。

エリーゼはそう理解し、内心緊張しながらも、アレックスに微笑みかけてから手を乗せる。大きな手に支えられ、バランスを崩すことなく馬車から降りたエリーゼは、アレックスの腕に手を添え、屋敷をまっすぐ見つめながら背筋を伸ばした。

「行くぞ」

初めての夜会。踏み込んだことのない貴族社会。

知り合いもいないこの場所で、唯一の頼れる相手であるアレックスが、そばにいることを許してくれた。

そのことがエリーゼを勇気づける。

「はい、アレックス様」

アレックスとエリーゼが会場に入ると、皆の視線が一斉にふたりに集まる。

一貴族の屋敷と言うには、広すぎるくらいのダンスホールには、煌《きら》びやかなシャンデリアが吊《つ》るされ、会場の端にあるテーブルには豪華な料理が並べられている。

楽団の奏でる優雅な楽曲が流れ、談笑している招待客は、ざっと確認しただけでも百人は超えるだろう。

ほとんどの視線はエリーゼをしばらく見たあと、自然と消えていったが、嫉妬《しっと》や嫌悪感が入り混じった鋭い視線だけは、エリーゼに向けられ続けた。

エリーゼは内心恐怖しつつも、懸命に笑顔を作る。そしてアレックスに誘導されるがまま、夜会の主催者であるフィリクス公爵夫婦のもとへと挨拶に向かう。

近衛騎士であるアレックスにとって、騎士団長のカムイルは上司でもある。

カムイルはアレックスたちに気づくと、鍛え上げられた強靭《きょうじん》な身体ごと満面の笑みをこちらに向け、妻を連れて近づいてきた。

「よく来たな、アレックス」

「本日はお招きいただき、ありがとうございます、フィリクス公爵様」

「堅苦しい挨拶はあとだ。はじめましてルーズベルト夫人。私がカムイル・フィリクス、そして妻のコロネットだ」

「お初にお目にかかります。エリーゼ・ルーズベルトと申します」

初めて他者に新しい名を名乗るため、エリーゼは緊張で声が震《ふる》えた。

そんなエリーゼに対して、笑顔で頷くフィリクス公爵夫婦。

アレックスは彼らに笑みを向けながらも、エリーゼが妻だと周知されていく光景を目《ま》の当たりにして、複雑な思いに駆られる。

「可愛らしい女性を妻にもらえたんだ。もうお前の心配はしなくていいな」

「心配をおかけしていましたか？」

「かけていないつもりだったら驚くぞ、アレックス」

「あなた、それくらいになさってくださいな。エリーゼ様、今夜はどうぞ楽しんでいってくださいね」

「はい、ありがとうございます」

コロネットが止めたことでカムイルに説教をされずに済んだアレックスは、小さく息を吐いた。しかし、笑顔のまま視線を向けてきたコロネットに、アレックスは思わず姿勢を正す。

「しっかりエリーゼ様をエスコートするのですよ、アレックス様」

「もちろんです」

カムイルは、アレックスとコロネットを交互に見て、苦笑いを浮かべる。

そんな三人のやり取りを眺めていたエリーゼは、普段クールなアレックスの動揺した姿を目にし、夫の新たな一面を知れたと、なぜだか嬉しくなった。

着飾った男女が談笑し合うホールの中、エリーゼは慣れない人混みに戸惑《とまど》いながらも、なんとか背筋を伸ばし、笑顔で歩くことができていた。最初はビクつきながらしていた挨拶回りも、アレックスが優しくエリーゼをフォローし、会話のほとんどを担ってくれたため、徐々に落ち着いて応対できるようになってきた。

夫を頼りつつ、一歩後ろで微笑むエリーゼと、初めて社交界に出た妻を気遣うアレックス。その振る舞いは、傍《はた》から見れば、お互いを想い合う夫婦のようだった。

「仲がよろしくて結構だね、アレックス。こんな可愛らしい女性を妻にもらえるとは羨ましいよ」

「そうだな。本当に俺は幸せ者だよ」

「おいおい、早速ノロケか？　エリーゼ様、こいつは調子に乗らせちゃいけませんからね」

「ふふふ、ご忠告ありがとうございます。しっかり肝に銘じますわ」

「お手柔らかに頼むよ、エリーゼ」

何度も繰り返している会話だが、いまだにアレックスからの甘く親しげな言葉に慣れない。特に、今まで向けられたことのない穏やかな眼差しを受けると、緊張してしまう。

まずは、アレックスの美しい顔立ちに動揺しないことが、最大の課題だ、とエリーゼは思い始めていた。

アレックスの同僚の男性は、軽い会話を交わすと、ふたりのもとを去っていく。

エリーゼはそれを見送ると、小さく息を吐き出した。

「少し休憩《きゅうけい》するか」

「あ、はい」

挨拶をする時以外で、初めてアレックスから話しかけられ、驚いたエリーゼは声が裏返ってしまった。恥ずかしさで顔を伏せるエリーゼに、先ほどのような柔らかい声がかけられることはない。

少し残念に思ったエリーゼはすぐに正気に戻ると、声をかけられなかっただけでどうして寂しく思ってしまったのかと内心焦った。演技だと理解しているはずなのに、優しくされて嬉しかったとでもいうのだろうか。

そんなことはない、と自分の感情を打ち消そうとするエリーゼに、アレックスが追い討《う》ちをかける。

「何か飲み物を持ってくる。甘い酒なら飲めるか？」

「は、はい。ありがとうございます」

「それなら、そこで動かず待っていろ」

そう言うと、アレックスは颯爽《さっそう》と人混みの中に消えていった。

エリーゼは思わずその背中を視線で追い、緩みそうになる顔に慌てて手を添える。

(もしかして気遣ってもらえてる？……どうしよう、嬉しいわ)

昨日まで言葉をほとんど交わさず、夫婦らしい夫婦になるなんて夢のまた夢だと思っていた。それが、演技の必要がないところで優しい口ぶりではないものの、気遣いの言葉をもらえたのだ。エリーゼは、とても嬉しく感じた。

しかし、その喜びに浸れるほど、夜会という場はエリーゼにとって優しい場所ではなかった。

「あなたね、アレックス様の妻になった図々しい女は」

「こんな女のどこがいいのかしら。あなた、アレックス様の弱みでも握っておりますの？」

「アレックス様を早く解放しなさいな」

突然エリーゼの前に現れたかと思えば、攻撃的な言葉を放つ女性たち。それも、美しい顔立ちに、色とりどりのドレスからこぼれ落ちそうなほどの豊かな胸、くびれた腰……色気を惜しげもなく放つ美女ばかりだった。

エリーゼは投げつけられた言葉よりも、目の前に立つ女性たちの艶《あで》やかさに驚きを隠せない。

華もなく、平凡で不健康そうなエリーゼとは、かけ離れている。

どうりで自分はアレックスに相手にされないわけだ、と妙なところで納得してしまった。自分はアレックスの好みではなかったのだ。

「ちょっと、聞いておりますの？」

「も、申し訳ありません。聞いております」

思いに耽《ふけ》っていたエリーゼは、女性たちの鋭い言葉で我に返る。

エリーゼを睨みつけながら取り囲む美女たちは、アレックスと親しくしていたのだろう。夜会に来る前から、アレックスの妻として参加するなら、こうなることは、ある程度予想できていた。

だから、エリーゼはそこまで動揺しなかった。エリーゼにとって、彼女たちと向き合うのは怖いことだが、アレックスと離婚ができない以上、このような事態は避けられないと、覚悟してきたのである。

「だったら、早く答えなさい。あなたはアレックス様にふさわしくないわ」

「それは理解しております。しかし、アレックス様と別れるつもりはございません」

「な⁉　本当に図々しい女ね。アレックス様は、あなたのことなんて愛してないわ。わたくしのことを愛してくださっていますもの」

「何を言いますの！　わたくしですわ」

「わたくしよ！」

いつの間にかアレックスを奪い合うように言葉を交わす美女たちを、エリーゼはなんとも言えない表情で見つめる。アレックスが誰を好きなのかなんてわからないが、エリーゼがその対象ではないことは明らかだ。

言い合っている美女たちを見つめながら、エリーゼは考える。

仮にアレックスが本命の女性を見つけたとしても、エリーゼは離婚をしてあげられない。ということは、その人は実質、アレックスの〝愛人〟となるのだろう。その時、自分はその事実を受け止め、愛し合うふたりを見ながら過ごせるのだろうか。

そう考えた瞬間、エリーゼは血の気が引いた。

無理やり結婚し、『アレックスに干渉しない』と約束した時点で、このことは想像できたはず。それなのに、怖いと思った。

「まぁ、いいわ。まずはあなたが別れてくれなきゃ、困るのよ。わたくしは妻になりたいのだから」

「そうそう。アレックス様のことは諦めなさい」

彼女たちの剣幕におされつつも、エリーゼは口を開く。

「……皆様はアレックス様の、どこを愛していらっしゃるのですか？」

問いを受けた美女たちは、バカにしたような眼差しをエリーゼに向けた。

「何を言っているのかしらね。麗《うるわ》しい外見に剣の腕も地位もある。そのうえお優しくて、わたくしを大切にしてくれるのよ。彼の隣に立ちたいと思わない女はいないわ」

「そうよ。あんな素敵な方の妻になれれば、わたくし幸せだわ」

これが真実の愛なのだろうか。家族愛しか知らないエリーゼには、男女の愛というものがどんなものかわからない。

けれど、彼女たちから伝わってくるのは、温かくて安心できる家族愛とは違い、すべてを焼き尽くすような情熱的な感情で。

これがアレックスの探し求める真実の愛であり、アレックスも相手にその愛を向けるのだとしたら。私はその事実に耐えられないのではないだろうか。

エリーゼは、初めて見せつけられた男女の愛というものにおののいた。

「どうかしましたか?」

殺伐とした空気の中で、場違いなほど穏やかな声が響く。

その瞬間、美女たちは可憐な笑みを浮かべ、声のほうに振り返った。

その変化の一部始終を見たエリーゼは、驚きつつも感心した。

「アレックス様!」

歓喜の声でアレックスを迎えた美女たちに、彼は誰もが見とれるだろう甘い微笑みを向ける。

「エリーゼに何かご用でしたか？　彼女はこういう場が初めてで……失礼なことは言わなかったかな、エリーゼ？」

　笑顔でこちらに問いかけたアレックスだが、エリーゼには『余計なことはしゃべっていないよな』と言われているように思えて、笑顔が引きつりそうになる。

「はい、アレックス様」

「それならよかった」

「アレックス様。もしよろしければ、このあとのダンスをご一緒に」

「とても光栄なお誘いなのですが、妻の顔色がすぐれないようですので、今回はこれで失礼させていただきます」

「まぁ……残念ですわ」

　エリーゼは美女たちから飛んできた鋭い視線に恐怖しつつも、内心ホッとした。一度に多くの人に会い、さすがに疲れていたのだ。

　美女たちは、表面ではエリーゼを心配する声をあげながら、アレックスから一向に離れようとしない。

　アレックスは彼女たちをうまくあしらい、エリーゼの隣に来ると、さりげなく持っていたグラスをテーブルに置き、何食《く》わぬ顔で彼女の肩に腕を回して歩きだす。

エリーゼはその慣れた仕草《しぐさ》に動揺しつつ、美女たちに喧嘩《けんか》を吹っかけられてしまったことに、これでよかったのだろうかと不安になる。しかし、そんなことを問いかけられる相手などおらず、エリーゼは黙ってアレックスに従い、歩くしかなかった。

主催者であるフィリクス公爵に挨拶をし、アレックスのエスコートで出口へ向かって歩いていると、彼が急に立ち止まり、近くを通りかかった給仕係を呼び止めた。

「酒じゃないほうがいいか」

グラスを手に取ったアレックスは、エリーゼの顔を覗き見てそう言うと、お酒の入ったグラスを差し出すことなく戻そうとする。

美女たちに絡まれる直前に、アレックスが飲み物を取りに行ってくれていたことを思い出したエリーゼは、慌ててアレックスの持つグラスに手を伸ばした。

「いいえ、大丈夫です。ありがとうございます。とても喉《のど》が渇いていたんです」

グラスを受け取って少しずつ傾ければ、口いっぱいにフルーティーな味わいが広がる。お酒が初めてで興味本位に頼んだエリーゼは、その美味《おい》しさに頬を緩めた。

「……美味しい」

「ならいい」

アレックスの言葉が頭に響く。何げないひと言のはずなのに、顔が異常なほど熱を帯び始め、エリーゼは恥ずかしさをごまかすように一気にお酒を飲み干した。

甘くて口当たりのいいお酒は、意外と度が強い物が多い。

まさか、エリーゼがすべてを一気に飲むと思っていなかったアレックスは、慌ててグラスを取り上げたが、遅かった。

「お、おい」

「はひ？」

エリーゼの口から舌足らずな言葉がこぼれ、足元もおぼつかない。

アレックスは、舌打ちしたい気分だった。

ここはまだ会場内である。

演技とはいえ、仲睦まじく振る舞うことなど、なるべくしたくなかったアレックスは、しばし思案する。

だが、その間にもエリーゼの表情は緩み、酔っ払いと化していく。

仕方なく、アレックスは通りかかった給仕係に空のグラスを渡すと、エリーゼの腰に手を回し、彼女を引き寄せる。そしてもう片方の手でエリーゼの上半身を支えるようにエリーゼの手を取った。そのまま注意を受けない程度の早足で、近くの出口に向かうと、道すがら微笑ましげな視線が飛んでくる。

会場の外へ出て、すぐに馬車を呼んでもらえるよう言づけたアレックスは、疲労を含んだ息を吐き出した。

その間、エリーゼは身体の芯からじわじわと熱くなり、意識がふわふわする感覚に陥っていた。そんな中、力強く己を支えてくれる温もりを感じて、安心する。

エリーゼが、心の奥にしまい込んでいた寂しさ。それを、拭《ぬぐ》い去ってくれるかのような温かさがそこにはあった。

ソルティアをはじめとした屋敷の使用人たちは、ずっと気遣ってくれていたから、エリーゼはそこに自分の居場所を探してきた。

けれど、主人と使用人という関係では、弱音を吐くことも、抱きしめられることも許されない。

実家の家族から離れて、エリーゼはそのことに初めて気づいたのだ。

きっと使用人たちは、エリーゼが甘えても受け止めてくれるだろう。

それでも、見えない壁が邪魔をする。主として、『彼らを守らなければ』と思えば思うほど。

エリーゼは、アレックスの気持ちが少しわかった気がした。彼らを守る立場だからこそ、きっと、もう小さい頃のようには甘えられないのだ。

「乗り込むぞ。いいか」

アレックスが、エリーゼを半ば抱えるかたちで馬車に乗せる。力強く、ゆっくりと。『俺自分を労《いたわ》ってくれているかのような扱いに、エリーゼの胸は締めつけられる。『俺に干渉するな』と突《つ》き放され、『仲のよさそうな演技をしろ』と理不尽なことを言われもしたが、その仕草でアレックスの優しさを知ってしまった気がしたからだ。

「も、申し訳――」

「黙っていろ」

エリーゼの謝罪を遮っておきながら、アレックスはクッションを並べ、エリーゼを横にする。

エリーゼは熱くなる目頭をごまかすように、瞼《まぶた》を閉じた。


屋敷に到着すると、エリーゼは馬車のもとに駆けつけてきたソルティアたちに、引き渡された。

アレックスは、エリーゼを馬車から降ろす手助けはしたものの、あとは知らんとばかりに彼女のもとを去っていく。

横になっていたおかげで少し身体が楽になったエリーゼは、アレックスに慌てて声をかけた。

「ア、アレックス様……お手間をおかけして、申し訳ありませんでした」

最後の最後に失態を演じたこともあり、アレックスの求める妻としての振る舞いができていたか、エリーゼは不安で仕方がなかった。

そんなエリーゼの声に足を止めたアレックスだったが、振り返ることもせず屋敷の中へと入っていく。

そのあとに続くペイソンが、ソルティアに目配せをしたことに気づく余裕は、エリーゼにはない。

落胆を隠しきれないエリーゼの背に、ソルティアはそっと手を添え、身体が冷えるからと屋敷に入るよう促す。

ソルティアにされるがまま寝る支度を済ませたエリーゼは、寝室でアレックスを待とうと思うも、気疲れとお酒の影響で、すぐに眠りへと落ちていった。

同じ頃、いつもよりも気を遣ったことで疲れていたアレックスは、談話室のソファに身体を沈めながら酒を飲んでいた。外へ遊びに行こうかとも考えたが、気分が乗らない。寝ようかとも思ったが、エリーゼが起きていたら面倒だ、と談話室にある大きなソファを選んだのである。

「珍しく、お早いお戻りでしたね」

皮肉を含んだその声に、アレックスは顔を歪めた。『今日はもう説教は聞きたくない』とでも言いたげだ。

「約束はちゃんと守ったぞ、ペイソン」

「そうですか。そのわりには、奥様の様子がすぐれぬようでしたが」

口を閉ざしたアレックスを、ペイソンは静かに見つめる。ペイソンは、アレックスが母親のお腹にいる時から彼を見守ってきた。

ジュリエッタの陣痛が始まり、慌てふためくオズベルクを宥め、アレックスが誕生した際はオズベルクとともに喜び、抱き合った。アレックスが初めて歩くところにも、オズベルクたちとともに立ち会った。いたずらをするアレックスを厳しく注意もした。

そして、両親が突然亡くなり、絶望の淵《ふち》に立つアレックスのそばにい続け、彼が『仕えたい人ができたから騎士になりたい』と言いだした時も、向き合い続けた。

ずっと見つめてきたのだ。だからこそ、アレックスが今迷っていることがわかる。

「探し物は見つかりそうですか?」

「……どうかな」

酒をひと口舐《な》め、自虐的な笑みを浮かべるアレックスに、ペイソンは眉をひそめる。

成人した頃から、アレックスは使用人に弱音を吐かなくなってしまったからだ。

「今夜の夜会でも、話しかけてくれる人はたくさんいたよ。結婚したことで離れていく人もいれば、妻を睨みつけ、牽制《けんせい》する人もいたけどね。だが、結局は俺を好きだからというより、俺の地位や容姿だけを見て近寄ってきた人ばかりな気がする」

「それは……」

「なんとなくわかってたんだけどな。俺の接し方が彼女たちをそうさせているってことも。結局、俺は彼女たちを信用していないんだ」

アレックスはすっと立ち上がると、「もう寝る」と言い残して、談話室を去っていった。

ペイソンは、成長とともにいろいろなものを抱えていくアレックスの背中を、ただ見送るほかなかった。

お花に水をあげましょう

いつもより遅く起きたエリーゼは、隣に目をやると、アレックスが寝ていただろう場所にそっと手を置いた。

もう、そこに人の温もりは残っていない。

まるで昨日の出来事が夢だったかのように感じ、懸命に夜会でのことを思い出す。

たとえ演技でも、アレックスと親しげに話せたことに違いはなく、彼の優しさに触れたことも忘れたくなかったのだ。

『結局、愛人を受け入れられるか答えが出せないままだ』と、エリーゼは重いため息をつく。

アレックスが好きなわけでもないのに、どうしてなのか。この靄《もや》のかかったようなはっきりしない気持ちが嫌でしょうがない。

その時、重い気持ちを振り払うような、軽快なノックが部屋に響いた。

返事をすれば、ソルティアが部屋へと入ってきた。

「おはようございます、奥様。体調はいかがですか?」

「おはようございます。昨夜はご迷惑をおかけしてすみません。もう大丈夫です」

「それはよかった。本日はお庭にお出になりますか?」

ソルティアは気遣わしげに、エリーゼに問いかける。

これ以上、アレックスのことを悶々《もんもん》と考えていても答えは見つからない。エリーゼはそう思い、気分転換をしようとソルティアに笑顔で頷いた。

「そうですね。ずっとしていなかったので、今までの分を取り返さなきゃいけませんし!」

「ふふふ、そうですね。ハルクレットも、首を長くして待っておりましたわ」

「それは大変! 急いで行かなくてはいけませんね」

顔を見合わせて笑い合うと、ふたりは早速準備を始める。

酔い潰れた昨夜はお風呂に入れなかったので、エリーゼは着替える前にシャワーを浴びることにした。

血管が浮き出るほど白かった肌は、今では張りも出てきて健康的な色を取り戻し、ガリガリにやせ細っていた身体も、女性らしい丸みを帯びつつある。

そんな変化からも、アレックスがエリーゼに与えてくれるものの大きさを実感する。

身支度を済ませ、朝食を食べて庭に出れば、ハルクレットがすでに仕事を始めていた。久しぶりに現れたエリーゼを見て、彼は嬉しそうに目を細めて笑う。

エリーゼはそれだけで嬉しかった。昨日から時間があれば考えてしまう、アレックスの愛する女性が現れた際の、自分の居場所……それをはっきり示してくれている気がしたから。

「おはようございます、ハルクレットさん。今日は遅くなってしまい、すみません」

「おはようございます、奥様。いいえ、昨晩は夜会だったのですから、お気になさらないでください。それよりも、あまりご無理はなさいませんよう」

「ありがとうございます。でも早く植物たちに会いたくって」

早くも水やりの手伝いを始めるエリーゼを、ハルクレットは黙って見つめていた。

エリーゼは丁寧に植物の様子を観察しながら、ハルクレットに教わった通りの水やりをした。そして、綺麗な花々を見て、思わず呟く。

「花は愛情を注げば注ぐほど、綺麗な花を咲かせてくれますね」

少し寂しげなエリーゼの声に、ハルクレットはどう答えるべきか悩んだものの、深く突っ込むことはやめた。使用人たちは昨晩の夜会で何かあったようだとエリーゼを気にかけているようだったが、ともに庭仕事をしているハルクレットは、彼女のことをそこまでか弱い娘ではないと思っている。

「はい。しっかりと応えてくれるからこそ、何を求めているのかもわかるようになります」

「……人も、それぐらい素直だったら」

「そうですね。そうできれば簡単なのですが、なにぶん花と違い、受ける側に考える力がありますから。植物のように、愛情をなかなか素直に受け止めてはくれないのですよ。なぜ愛情を注いでくれるのか、考えてしまう。面倒な生き物です」

「ふふふ。ハルクレットさんからしてみれば、人も面倒な生き物で片づいちゃうのですね」

笑いをこぼしたエリーゼは、花たちを愛おしげに見つめると、大きく息を吸った。

そのあとに見せた表情は先ほどとは違い、どこか吹っ切れたようなものだった。

「よし。私、ちょっとお花に水をあげてみようと思います」

今現在、花に水をあげているのに、おかしな言葉であったが、ハルクレットは何も言わずに微笑んだ。その表情は、エリーゼが何かを決めたならやってみればいい、そう言っていた。


その日の夜、アレックスがいつもと同じように遅い時間に寝室に入ると、そこにはいつもと違う光景が広がっていた。

「おかえりなさいませ、アレックス様」

「……なぜ？」

アレックスは驚きで青い瞳を見開いた。

いつもは寝ているはずのエリーゼが起きて待っていたからである。

「なぜって、お出迎えです」

アレックスの問いかけに、エリーゼは満面の笑みで答えたのであった。

エリーゼは緊張で破裂しそうな胸を抑え、アレックスに笑顔を向ける。嫌がられることはわかりきっていた。予想通りアレックスが眉をひそめると、寂しさが胸の中にじわりと広がって、うつむきそうになるのを必死でこらえる。

「干渉するなと言ったはずだ」

「わかっております」

「ならば、なんのつもりだ」

アレックスは鋭い視線を、エリーゼに向ける。

夜会の日から、ずっとアレックスのことばかり考えていたエリーゼは、ひとつの考えに辿り着いた。

アレックスに愛する人ができたとしても、相手の女性はエリーゼのせいで妻になることはできない。

ふたりにとってエリーゼがどれだけ邪魔な存在でも、エリーゼが予知夢を見ないようにするためには、夜、アレックスにそばで寝てもらわなければならないのだ。

しかし、愛し合うふたりを引き裂《さ》く存在になるとわかっていて、『それはしょうがない』と開き直れるほど、エリーゼは強くなかった。屋敷の中で、唯一対等な立場であるアレックスに存在を認められないのが、嫌われるのが、怖いのだ。

だから、愛しているわけでもないアレックスに、愛人ができることが怖い。

アレックスに愛する人ができたからといって、事情を知っている使用人たちは、エリーゼを邪険に扱うことはないだろう。そこに居場所を見つけてもいいとは思う。

だが、そこにはきっと、エリーゼに対する同情や、アレックスの行いへの罪悪感が含まれていることだろう。ただエリーゼを主として思い、純粋な優しさや愛情を向けてくれるなどとは、受け止められそうにない。

自分もハルクレットの言う、〝面倒な生き物〟のひとりなのだ、とエリーゼは痛感したのである。

ならば、どうしたらいいのか。

正直、理不尽な要求をしたり、冷たい態度のアレックスを怖いと思うことはある。しかし、彼の優しさを垣間見てしまった今、せめて仲のいい関係になれれば……と思うのだ。

いつか愛人ができるという、避けられない未来を直視するには、まだ時間がかかりそうだ。

しかし、アレックスと夫婦や恋人のようにはなれなくても、他人ではなく〝家族〟という括《くく》りになれたなら、家族の恋愛を見守るような立場で、受け入れられるのではないか。今のように、頼れる相手がいない寂しい環境でその未来を迎えるよりは、心が救われるのではないか。

「私が勝手にやっていることで、約束通り、アレックス様の行動に干渉はいたしません。ですから気にしないでください。無視なさってかまいません」

「……意味がわからん」

アレックスは盛大なため息をつくと、『もう話すのも嫌だ』と言わんばかりにベッドへ向かい、布団の中にもぐり込んだ。

それに続くように、ベッドに向かったエリーゼは明かりを消すと、アレックスの隣へと入る。

「おやすみなさいませ」

エリーゼの言葉に、アレックスが返事をすることはない。無視されることも不機嫌になられることも想定済みだ。

それでも拒絶の言葉を言われなかっただけで、エリーゼは満足だった。アレックスには、無理やり申し込んだ結婚を受け入れてもらい、自由にさせてくれて、夜会で助けてくれて……感謝したいことばかりだ。

だから、仲良くなる第一歩として――。

『お花に水をあげてみようと思う』

アレックスに、感謝の気持ちをぶつけてみようと決めたのだ。

それがどう受け止められるかはわからない。それでも、逃げるよりは仲良くなれるかもしれない。それに、エリーゼも屋敷での会話が増えて、寂しさが緩和できる。

自分勝手でいい作戦とは言えないけれど、試す価値はあるはずだ。嫌われたなら水のあげ方がよくなかったのだと諦めて、また新しい作戦を考えよう。アレックスには申し訳ないが、これは平穏な未来をつかみたいエリーゼにとって、大切なことなのだ。

そんなことを、布団の中で考えていたエリーゼ。その隣で、アレックスが困惑して寝つけずにいるとは、知る由《よし》もなかった。

それから、エリーゼが一方的に挨拶をする日々が始まった。

顔を合わせるのが寝室だけのため、ソルティアたちが気づいている様子はない。

朝は今までよりも早く起きて、アレックスを見送る。

『おはようございます。お気をつけていってらっしゃいませ』

夜は、真夜中に差しかかる少し前に帰ってくるアレックスを、笑顔で出迎える。

『おかえりなさいませ。お仕事、お疲れさまでした』

ベッドに入って背を向けられても、背中に向かって挨拶をし、明かりを消して寝る。

『おやすみなさいませ、アレックス様』

エリーゼのかける言葉は、たったのこれだけ。

それでも、アレックスからの返事はない。

声をかければ顔を歪めて無視されるものの、エリーゼはくじけずに続けた。

アレックスが今までよりも、もっと早く起きようとすると、エリーゼもその時間に合わせてさらに早く起きた。

そのことでアレックスに半ば呆れた表情を浮かべられたが、彼は次の日からは、今までよりも遅く起きるようになった。

ソルティアが『結婚する前の起床時間に戻ったのは、なぜかしら』となんだか嬉しそうに呟いていたから、避けることを諦めてくれたのなら大進歩だとエリーゼは内心喜んだ。

今朝もしっかり挨拶ができたことに上機嫌なエリーゼは、日課となっている庭仕事を鼻歌交じりでこなしていた。最初はアレックスに合わせて起きると朝が早く、庭仕事をしながらうとうとしていたが、起床時間が遅くなった今では身体も心も元気だ。

予知夢を見続けていた頃も、結婚した当初も、考えられなかった生活を送れている。そのことに、エリーゼは誰かれかまわず感謝したい気分でいっぱいだった。たとえそれが、自己満足であったとしても。

あとはアレックスと言葉を交わせたら、どんなに嬉しいか。自分の家族のように愛のある関係になりたいなんて、贅沢は言わない。ただ、存在を認めてほしい。ルーズベルト家の者だ、という居場所が欲しい。

「いやぁ、今年も綺麗に咲きました。これも、奥様が手伝ってくださったおかげです」

ハルクレットは抜いた雑草を片づけながら、暖かい日差しを浴びて輝くように咲き誇る花々を嬉しそうに眺めていた。

エリーゼも隣に立ち、同じように花を愛でる。

「私もとても楽しかったですし、お役に立てたのならよかったです」

「私も奥様とできて楽しかったですよ。そういえば、奥様が水をあげ始めた花は、咲きましたかね？」

「え⁉」

驚いたエリーゼは、勢いよくハルクレットへと振り返った。

使用人たちは何も知らない様子だったけど、エリーゼがアレックスに挨拶をしていることは、実は皆にバレていたのだろうか。それでいて、知らないフリをされていたのだろうか。

そう思った瞬間、自分の作戦が幼稚で自分勝手すぎることに、エリーゼは恥ずかしさを覚えた。

「す、すみません。干渉しない、ってアレックス様と約束していたのに」

大切なアレックスとの約束を破っていることを、皆はどう思っていたのだろうか。

申し訳なさすぎて、次第に声が小さくなっていく。

しかし、そんなエリーゼの言葉を、ハルクレットは笑い飛ばした。

「あははは。いいのですよ、私どものことは気になさらないでください。奥様の好きなようにしてくださって、かまいませんから」

「で、でも……」

「皆同じ気持ちですから、安心してください。それよりも、どうです？　芽は出ましたか？」

楽しげに話すハルクレットに、エリーゼは戸惑いを隠せなかった。

使用人の皆を信じきれず、未来の愛人に怯えて、自分のためだけに行っているのに。アレックスが嫌がっていることをしているというのに……。なぜ、そんなに楽しそうなのか。

しかし、そんなことは怖くて聞けず、結局エリーゼは素直に首を横に振った。

「まだ、出ません」

「そうですか……でも、そろそろかもしれませんよ？」

ハルクレットは可愛らしくウインクをすると、鼻歌でも歌いだしそうな勢いで、雑草の入った袋を片づけに行ったのだった。


その日の夜、エリーゼがいつものように、アレックスの帰りを本を読みながら待っていると、窓の外から馬車の音が聞こえてきた。

急いで窓へと近づけば、アレックスが降りてくるのが見える。

数十分後、汗を流して寝る支度を済ませたアレックスが部屋に入ってくると、エリーゼは満面の笑みで出迎えた。

「おかえりなさいませ。お仕事、お疲れさまでした」

いつも通り、美しく整った顔を歪めて小さくため息をついたアレックスは、黙ってベッドへと向かう。

それに続こうとランプに手をかけたエリーゼは、明かりを消そうとして手を止めた。

いや、正確には固まった。

「おやすみ」

微かな、しかし確かに聞こえた声に、エリーゼは思わず振り返る。

布団にくるまったアレックスの姿は見えない。

それでも、エリーゼはその布団の山を凝視して、頬を緩めずにはいられなかった。

「お、おやすみなさいませ、アレックス様」

嬉しすぎて震える声を気にする余裕もなく、エリーゼは心の中で叫ぶ。

（ハルクレットさん、芽が、芽が出ましたぁ！）

きっかけは些細《ささい》な出来事から

「少しよろしいですか？」

すれ違いざまに突然話しかけてきたその女性は、アレックスの知らない人物だった。

強い意志を宿す黒い瞳に黒髪の知的な雰囲気の女性。

身にまとっている白衣と、ここが王宮内の廊下ということから、アレックスは彼女が王宮医師だと当たりをつけた。

「私に何かご用でしょうか？」

アレックスは万人受けする甘い笑みを浮かべ、物腰柔らかに対応する。しかし、女性の言葉を受けた瞬間、彼の顔から笑みが消えた。

「エリーゼを悲しませることはしないでいただきたい」

「……君に言われる筋合いはないね」

「ええ、確かに。でも、私はエリーゼに幸せになってほしいの」

アレックスは思わず鼻で笑った。それは、自分のもとに嫁いだ時点で、無理なことだからだ。

「もしかして、君はエリーゼを診ている医師か？」

「そうよ。あなたは妻ともまともに向き合えない、臆病な騎士様でしょう？」

アレックスは鋭く尖《とが》った眼差しを、ロゼッタに向けた。

しかし、彼女は怯えることもなく、嘲笑《あざわら》うかのようにアレックスを一瞥して去っていく。

その背は『反論は受けつけない』と言っているようで、アレックスは黙って彼女を見送った。いや、正確には見送るほかなかった。

アレックスがエリーゼと向き合っていないのは事実だ。彼女の放った『臆病』という言葉に、アレックスは何も言い返せなかった。

結婚式の日、自分はエリーゼに『夫婦になるつもりはない。干渉するな』と暴言に近い言葉を浴びせた。しかし、それをすんなり受け入れるエリーゼを見て、彼女も自分の命のためだけに結婚したのだと思い、罪悪感は消えたはずだった。

だが、実際、エリーゼが使用人たちと仲良くしている様子を聞くと、複雑な気持ちになる。夜会で頼られた際には、嫌だと思いながらも、手を差し伸べるべきなのではという考えが頭を掠《かす》めた。エリーゼには頼れる人がいない、ということを、まざまざと見せつけられた気がしたからだ。

彼女を見ていると、アレックスは自分が何をしたいのか、わからなくなってくる。
心から愛する人と結婚すること……それが、アレックスのささやかな夢だった。
けれど、付き合う女性は皆、アレックス自身を愛してはくれなかった。愛している
のは騎士としての地位や爵位、容姿といった、彼に付属するものばかり。
それに気づいてしまってからは、なおさら恋愛がうまくいかず、別れを繰り返した。
女性たちがすべて悪いわけじゃないと、わかっているつもりだ。でも心のどこかで
『どうせこの女も……』と考え、相手と向き合うことから逃げていたのかもしれない。
エリーゼのことだって、叔父の『今のままじゃ見つからない』という発言に反発し
て、彼女のことを何ひとつ知ろうとしなかっただけじゃないか。
アレックスにそう自覚させたのは、図らずもエリーゼの挨拶だった。
エリーゼに話しかけられるたび、このままでいいのだろうか、という小さな疑問が
膨らんでいく。
エリーゼは返事などもらえないのに、ひたむきに笑顔で挨拶してくる。
見返りを求めず接してくる彼女を見て、アレックスは『こんなこと、自分にはでき
ない』と感じ、素直にすごいと思い始めていた。そして何より、自分にはない強さを
持つエリーゼに、少し興味が湧いてきたのだ。

だから、アレックスがエリーゼに言葉を返したのは、偶然でも気まぐれでもない。

あれは確実に、エリーゼの水やりの成果であった。


太陽が昇り始め、空がうっすら明るくなってきた頃、アレックスは目を覚ます。以前より遅くなった起床時間にも、すっかり慣れた。

そっと布団から出れば、すぐにごそごそと布団のこすれる音が聞こえてくる。アレックスは、『今日も起きたか』と小さなため息をつくも、苦笑いを浮かべた。

「おはようございます、アレックス様」

「……おはよう」

蜂蜜色の髪は所々はね、茶色の瞳はまだ夢の中にいるかのようにおぼろげだ。

そんなエリーゼを一瞥したアレックスは、内心呆れている。そんなに無理する必要はないだろうと。

ゆっくり布団から抜け出たエリーゼは、いつものようにアレックスの部屋へと続くドアの近くまで行くと、笑顔で彼を見送る。

「お気をつけて、いってらっしゃいませ」

「あぁ」

エリーゼがどれだけ笑顔を向けようと、アレックスから笑みが返ってくることはない。それでも初めて返してくれた夜から、返事をくれるようになり、エリーゼは挨拶を始めてよかった、と思わずにはいられない。

アレックスはエリーゼの温かい視線を背中に感じながら、寝室を出る。そしてドアを閉めると、ホッとしたように深呼吸をした。

女性と話すのは得意なほうだと自負していたアレックスであるが、なぜかエリーゼと話すと緊張してしまうのだ。

エリーゼの声からは、いつも緊張が滲《にじ》み出ている。

それが、挨拶を拒絶されないかという不安から来るものだとアレックスは知らないが、その緊張が自分に伝染しているのかもしれないと、彼は思った。

「おはよう、ふたりとも」

「おはようございます、アレックス様」

ここ数日、ペイソンとソルティアに、柔らかい微笑みで迎えられる朝が続いている。

アレックスはなんだかいたたまれずに、視線を朝食に向けたまま報告を受ける。内心、このふたりはエリーゼとアレックスが挨拶を交わし始めたことをどこまで知っているのだろうか、とそわそわしていた。

近衛騎士としての仕事は、ジョイル殿下の予定によって終了時間が変わる。

エリーゼの事情のため、真夜中になる前には帰らなければならないが、なるべく顔を合わせたくはない。だから、仕事が長引けば直帰し、早く終わればどこかで時間を潰すのが日課になりつつある。

とはいえ、最近は何かと仕事が立て込み、直帰する回数が増えてきていた。

今日もアレックスは直帰することになった。『遅くなるから待たなくていい』と言っても聞かないペイソンに出迎えられて、屋敷へと入っていく。

サッと汗を流し、夜着に着替えて寝室に入れば、エリーゼが笑顔で待っていた。

そのことに、驚くことはない。なぜなら屋敷に到着してすぐ、部屋の明かりを確認していたからだ。

「おかえりなさいませ、アレックス様」

「あぁ」

いつもと変わらない挨拶を済ませ、何食わぬ顔で布団へともぐり込む。そしてエリーゼが明かりを消そうとする気配を、背中で感じる。

「おやすみなさいませ」

「……おやすみ」

室内が、一気に暗闇《くらやみ》へと変わった。

背後で、エリーゼがもぞもぞと動く気配を感じながら、アレックスは目を閉じる。不愉快だった他者の気配や挨拶も、今では生活の一部になりつつある。意図的に拒絶を少しやめただけで簡単に受け入れてしまえるのだから、意地を張っていたのがバカらしいと、アレックスは思えた。

「行ってらっしゃいませ、アレックス様」

「あぁ、行ってくる」

寝癖がつくことのない藤色の髪をさらさらと揺らし、アレックスはいつものように寝室を出ていく。

それを見送るエリーゼは、喜びを爆発させていた。なぜなら、ここ数日でアレックスの返事が二語に増えたからである。

挨拶を交わすようになって、二週間ほど。アレックスが笑顔を向けてくれることも、挨拶以外で声をかけてくれることもないが、ひとつ大きな変化があった。

一週間前から、帰りが真夜中ギリギリではなくなってきたのだ。もちろん夕食を食べる時間に帰ってくるわけではない。

しかし、自分がいる屋敷にいたくないのでは、と心配していたエリーゼにとって、アレックスが屋敷でくつろぐ時間ができたことはとても喜ばしく、言葉の数が増えたことも大きな成果に思えてならない。

「ハルクレットさん、おはようございます！」

「おはようございます、奥様」

鼻歌でも歌いだきんばかりに上機嫌なエリーゼは、いつものように先に仕事を始めていたハルクレットに駆け寄る。

令嬢としては咎められそうなその姿を見て、ハルクレットは本当に明るくなられたと安堵の表情を浮かべた。

最近では、アレックスも屋敷にいる時間が増えた、とペイソンから聞いている。

それもこれも、エリーゼがアレックスを見限ることなく、向かい合ってくれたおかげだ、とハルクレットは感謝していた。

思いに耽るようにエリーゼを見ていたハルクレットは、エリーゼが庭とは違うほうへ視線を向けていることに気づく。その視線を追ったハルクレットは、さすがだと心の中で賞賛しながら、エリーゼのもとに近づいた。

「ハルクレットさん、あの木……花が咲いていますね。昨日まで咲いていなかったから気づかなかったけれど、あの木だけ周りの木々と種類が違うのですか？」

「よく気がつかれましたね。今年はいつもより遅かったのですが、ちゃんと咲いてくれました」

エリーゼの目線の先、屋敷前の庭より、奥にある花壇の途切れた所。塀を隠すよう等間隔に植えられた木々から、ひとつ飛び出して木が植えられている。その木には、紫色の花がこれでもかというほどに、咲き乱れていた。

庭から少し離れていたため、今まで気づかなかったが、そういえば寝室の窓から見えていたな、とエリーゼは思う。

「美しいですね。淡い紫……アレックス様の髪色に似ています」

「ええ。あれはアレックス様が生まれた際に、ご両親が植えられたライラックです」

「まぁ……そうだったのですね」

エリーゼは、ゆっくりとライラックの木へと近づく。

淡い紫の花が、大きな花を形作るように集まり、緑の葉の間を染め上げる。近くに寄れば小さな花々が可愛らしく風に揺れ、甘い香りがエリーゼを包んだ。

「優しい香りですね。こんなに大きく立派に育って……」

幹にそっと触れたエリーゼは、成長を褒《ほ》め称《たた》えるように優しく撫でる。

夫婦の寝室やエリーゼたちの部屋から見えていたということは、アレックスの両親は暖かくなる頃に咲くライラックの花を、自室で眺めることを楽しみにしていたのだろう。

そう思うと胸が締めつけられた。

「アレックス様は幼い頃、よくこの木の下にいたのですよ。そういえば、剣の訓練をするのも、この木のそばでしたね。最近はあまり近づかれませんが」

ハルクレットは、懐かしむように呟いた。

幼くして両親を亡くしたアレックスは、どんな思いでこの木の下にいたのだろうか。

エリーゼは、なぜか無性にアレックスの顔を見たくなった。

「あなたは彼にとって、唯一の家族のような存在だったのかしら」

幹に頬を寄せたエリーゼは、そっと目をつぶる。

エリーゼはアレックスに、男女の愛ではなくても、家族の愛を求め始めていた。それを認識したのは、アレックスと言葉を交わし合い、拒絶されていないとわかった頃。

最初は、ただ居場所が欲しかっただけなのに、アレックスと家族として心を通わせられたら……と思い始めてしまっていた。

気づいた時、人は欲深い生き物だと自分自身に呆れてしまった。居場所さえあれば、存在を認めてさえくれれば。そう思っていたはずなのに、心まで求めてしまっている。

「私もあなたのような存在になりたいだなんて、我がままよね」

悲しげな呟きに応えるように、ライラックの木が風に揺れ、さわさわと音をたてる。なんだか慰《なぐさ》めてくれている気がして、エリーゼは小さく笑った。

その日から、エリーゼがライラックの木の下で過ごすことが増えた。

そういう時は、ペイソンが背もたれのあるひとり掛けの椅子と小さなテーブルを、木陰に用意してくれるのだ。

庭仕事をして昼食をとると、午後は本を読んだり、刺繍をして過ごす。時にはエリーゼが知り得たアレックスの話を話して聞かせてみたり、子供の頃の話をしたり……いつの間にか、ライラックの木はエリーゼにとって、気のおけない話し相手のようになっていた。

今日も変わらず、この場所で本を読んでいたエリーゼは、甘い香りと柔らかな風、さわさわと揺れる葉の音に、眠りの世界へといざなわれてしまった。

幼い頃から予知夢に苦しめられていたエリーゼは、真夜中に予知夢を見るという事実を知っても、昼寝などしたことがない。本当は昼でも予知夢を見るとしたら……そう思うと怖くて、眠気が襲ってくるだけでおののいていた。

そんなエリーゼが木陰で居眠りをしてしまったのは、アレックスと結婚してから、予知夢を見ずに済んでいたからかもしれない。


眠りの世界から現実へ戻りかけた時、エリーゼは飛び上がりながら目を覚まし、自分の胸を押さえた。寝てしまっていたという恐怖に襲われ、過去の身体の痛みを思い出してしまったからだ。

しかし、エリーゼの考える痛みは訪れなかった。

あからさまにホッとしたエリーゼは、その場に脱力するも、隣からかけられた不機嫌極まりない声に、ビクッと身体を揺らす。

「むやみに寝るな」

声のしたほうへ顔を向ければ、眉間に皺を寄せたアレックスが立っていた。

エリーゼはこんな時間にアレックスがいるはずはないと思い、まだ夢の中かと慌てる。もしや予知夢では、と思ったのだ。

「おい、椅子の上でバタつくな。落ちるぞ」

「ア、アレックス、様ですか?」

「ほかに誰に見える」

跡が残るのでは、と心配になるくらい皺を深くしたアレックスは、エリーゼを睨みつける。

これは夢ではないのだ、と理解したエリーゼは、急いで姿勢を正した。

「お、おかえりなさいませ、アレックス様」

「そんなことより、むやみに寝るな。予知夢を見ないようにするために俺と結婚したのだろう」

そう言うと、アレックスはそそくさと屋敷へ戻ろうとする。

エリーゼは遅れまいとあとを追おうとして、あることに気がついた。アレックスの服の後ろが、少し汚れて皺になっていたのである。

「もしかして、起こさずに隣にいてくださったのですか?」

アレックスは無言であったが、それは肯定しているのと変わりない。

エリーゼは、トクンと心臓が跳《は》ねるのを感じた。

「ありがとうございます」

いつからいてくれたかは、わからない。

でも、予知夢を見させないための手段として、起こせばいいのにそうはせず、アレックスはそばにいることを選んでくれた。

それがたまらなく嬉しいのに、胸が苦しい。『これ以上を求めては我がままになる』と、頭ではわかっているけれど、心がアレックスの優しさにすがりつきたがっているようだ。

アレックスに駆け寄りたい衝動を抑えるように、エリーゼは両手をギュッと強く握りしめた。

アレックスは、無言のまま屋敷の中へ入っていく。

あとを追っていたエリーゼも、この短時間にいろいろあったせいで失念していたが、『こんな早い時間に、なぜアレックスが屋敷にいるのだろうか』と疑問に思った。

「あの、アレックス様。今日はどうなさったのですか？　いつもよりお早いようですが……」

エリーゼの呼びかけに、アレックスは足を止めるものの、なかなかこちらを向いてくれない。

どうしたのかと思って近づけば、気配に気づいたアレックスがゆっくり振り向いた。

視線が合った瞬間、アレックスの目がわずかに泳ぐ。

「アレックス、様？」

「……自分の屋敷なのだから、かまわないだろう」

「は、はい。もちろんです」

「またすぐに仕事へ戻る」

アレックスは言い終わる前に踵《きびす》を返し、執務室のある二階へと上がっていく。

そんな彼の背中を、エリーゼは戸惑いつつも見送った。


一方、早足で執務室へ向かったアレックスは、目的地へ着くや勢いよく扉を開け、入口で足を止めた。

澄ましているようで、どこか嬉しそうな表情のペイソンがいたからである。

アレックスは、すっと視線を逸《そ》らす。

「本日はお戻りになると聞いておりませんでしたが、いかがなさいましたか？　何かお忘れに？」

「……殿下に頼まれて、城下に下りてきたんだ」

「さようでございますか」

ペイソンは答えになっていないと思いつつ、追及することはなかった。

今までアレックスが、用事もなく屋敷に帰ってきたことはない。

そのため、なぜ戻ってきたのか正直ペイソンにもわからないが、先ほど窓から見た光景を思い出すと、別にいいかと思えたのだ。


アレックスが幼い頃から、彼とともに成長してきたライラックの木。

その下で、椅子に腰掛けて本を読んでいたエリーゼが、いつの間にか眠りに落ちた。

そのことに気づいて焦ったのは、エリーゼの事情を知る数少ない使用人たちだ。

真夜中にしか予知夢は見ないと言われてはいたが、嫁いできてから、エリーゼは昼寝をしたことがなかった。

早起きのせいでうとうとしても、懸命に起きようとするエリーゼの姿を見て、寝るのが怖いのだと誰もが理解していた。

起こすべきか、起こさぬべきか、困っていた侍女は、なぜか早い時間に帰ってきたアレックスの馬車を見て、駆け寄った。

エリーゼが寝てしまったと聞いたアレックスは、侍女が追いつけないくらいの速さで、考える間もなくエリーゼのもとへ駆けていく。その様子に、やはり起こすべきだったのかと侍女は思ったが、アレックスの行動は侍女の思う動きとは異なった。

アレックスはエリーゼを起こそうとはせず、椅子に座ったまま眠る彼女のそばの地面へと腰を下ろしたのだ。また、エリーゼの手元にあった本に栞を挟み、テーブルに置くことも忘れない。

領主の仕事の手伝いをするため、執務室に特別に備えつけられた机で仕事をしていたペイソンは、侍女からの報告を受けると、窓からその様子を覗き見た。

ライラックの木陰で、下ろした蜂蜜色の髪を風になびかせ、柔らかな表情で眠るエリーゼ。

その横には、何をするわけでもなくライラックの花を眺めるアレックスが、胡座《あぐら》をかいて座っている。

その光景を見て、アレックスがライラックの木に近づいたのは、久しぶりだとペイソンは思った。

両親が植えてくれたライラックの木に、アレックスが近づかなくなったのは、いつ頃か。アレックスは今何を考えながら、淡く美しいライラックの花を見つめているのだろう。

アレックスの気持ちを知ることはできない。けれど、アレックスがライラックの木のそばに、それもエリーゼとともにいる選択をしたのなら、それでよいではないか。

ペイソンは目を細め、窓からゆっくりと離れたのだった。

「もう仕事に戻る」

「かしこまりました」

そう言ったアレックスは、何も持たずに屋敷を出ていった。

馬車を見送ったペイソンは、苦笑いを浮かべながら呟く。

「……結局なんだったのか。まぁ、大方のところ、奥様が気になったとかなのでしょうけどね」

本人に自覚があるのかはさておき、これはこれでいい変化だと、ペイソンは幼い頃から見守ってきた主を思うのだった。

友人は第一王子

「ただ今戻りました」

「おぉ、アレックス。悪いな、仕事でもないことを頼んで。珍しい本が入ったと連絡があってから、忙しくなってな。こんなこと、お前くらいにしか頼めない」

「いいえ、気にしないでください。ちょっとした休憩になりましたしね」

王宮内にある、第一王子に与えられた執務室。

艶のある銀髪に、鋭い藍《あい》色の瞳を持つジョイル・アーロン・ローゼリア殿下は、甘い顔をしたアレックスとは正反対の、男らしく勇ましい顔立ちをしている。

そんなジョイルが顔を上げ、アレックスを笑顔で迎え入れると、威厳溢れる王族然とした雰囲気が和らいだ。

「それに、勝手に城を抜け出されるよりマシです。ご趣味を否定するつもりは毛頭ございませんが、ご自分に剣の腕があるからと、勝手に城下へ下りられるのは、いい迷惑ですから。それで、仕事は順調に進んだのでしょうか？」

「俺にそんなことを言うのは、お前くらいだぞ」

呆れたように告げるジョイルに、アレックスは悪びれる様子もない。

ふたりは貴族の通う学院に行っていた頃から、友人関係にあった。そのためか、ほかに人がいない時は、和やかな空気が流れている。

「しかし、急ぎませんと間に合いませんよ。あなた様の誕生日を祝うために、民衆が集まるのですから」

「そんなに大々的に祝わなくてもいいものを」

「国民はジョイル殿下の姿を見たいのですよ」

数週間後に、ジョイルは誕生日を迎える。

そのため、今、王宮はその式典の準備でせわしない。

祝われる側のジョイルも例外ではなく、アレックスも近衛騎士として当日の警護態勢を詰めるために、遅くまで働く日々が続いていた。正直なところ、ジョイルにはああ言ったが、アレックスも民衆の前に姿を見せる必要はないのでは、と思っている。

ローゼリア王国は、今現在、王太子が任命されていない。その背景には複雑な事情があった。

第一王子、ジョイル・アーロン・ローゼリアには、同い年の弟である第二王子、バルト・サレスト・ローゼリアがいる。ただし、双子ではなく、国王が外で作った子供でもない。二ヶ月違いの、腹違いの兄弟だ。

国王と王妃であるキャサリン・ソルバレットは結婚後、世継ぎを産むという王族の義務を果たそうとするも、三年間、子ができずにいた。

それに焦ったのは、臣下の者たちだ。『もしかしたら、王妃は子を産めない身体なのでは……』と勝手に判断をした臣下は、国王に側室を娶るよう進言した。

国王は渋ったものの、王妃になる者として育てられたキャサリンは、心を押し殺し、それに賛同したのだ。

それから半年後、側室としてリズリナ・ヘイソニアンが王宮に上がった。

それが、複雑な世継ぎ問題の発端となる。

なんと王妃が懐妊するも、その二ヶ月後に側室も懐妊したのだ。そしてふたりの王子が誕生したばかりの頃、王国は祝いムード一色であった。しかし、どちらも王子だったこと、そして年が同じということが災いし、後継者争いが勃発したのである。

本来なら王妃の子である第一王子のジョイルが王太子になるのだが、ジョイルの命を奪い、バルトを次期王にしようとする、ヘイソニアン公爵派の者たちが現れたのだ。

当事者であるジョイルとバルトの仲は良好で、バルトは兄であるジョイルを支えると公言しているのだが、それを周りの者は許さなかった。ヘイソニアン公爵派の者たちにとって、ジョイルは邪魔者であり、いつ命が狙われるかもわからない。

そんな事情があり、アレックスが主であるジョイルの身の危険を考え、式典に反対したくなるのも、仕方のない話なのだ。そして、小言を言ってしまうのも……。

しかし、アレックスの心配を知ってか知らずか、ジョイルはアレックスにニヤリと笑いかけた。

「お前もこの行事のせいで仕事が増えて、なかなか早く家に帰れないだろう？　まぁ、最近はそこまで懸念していないが」

「急に何を。心配されることなど何も――」

「お前、結婚する直前まで、ほかの女性と付き合っていただろう？　なのに、急に噂にもなっていない女性と結婚したんだ。それも、新婚だっていうのに、飲み屋で頻繁に目撃されていたそうじゃないか」

「それは……というか、どこからそんな情報を」

不愉快さを隠しもしないアレックスに、ジョイルは我慢《がまん》できず噴き出した。

「お前を心配している者が多いってことだ。そう簡単に隠し事をできる相手じゃないんだよ、お前の仲間は」

「あいつら……」

つけている。

アレックスは扉の外にいるだろう同僚たちに不満をぶつけるかのように、扉を睨み

その様子を眺めながら、ひとしきり笑ったジョイルは、アレックスからの冷たい視線を受け、笑いを収める。そして、真剣味を帯びた声で話しかけた。

「お前の気持ちがわからないわけじゃない。愛する人と生きたいというのは、貴族の誰もが一度は思うことだろう。だが、妻は大切にしろ。女性側も、同じように思う立場の貴族の娘だということを忘れるなよ」

「……ご忠告ありがとうございます」

なんだかんだ素直に聞き入れるアレックスに、ジョイルの口元が緩む。

「まぁ、この忠告も、もう必要ないか」

楽しんでいるのを隠しきれていないジョイルの口調に、表情を若干歪めたものの、アレックスは何も言わず、騎士の礼をとって部屋を出ていった。そんなアレックスを見送ったジョイルは、ふっと笑いを漏らし、再び机に向かうのだった。

空が闇に染まり、宝石を散りばめたように星々が輝きだす。

そんな空の下、屋敷の前に馬車が停まり、中から藤色の髪をなびかせてアレックス

が降りてきた。月に照らされて儚さが際立つ容姿ながら、歩く姿に隙はなく、仕事の疲れさえ感じさせない。

そんな彼を迎えたのは、年齢を感じさせない立ち姿のペイソンであった。

「おかえりなさいませ、アレックス様」

「ただいま、ペイソン。帰りは遅いから迎えなくていい、と何度言ったら――」

「主を待たない執事など、おりません」

頑なペイソンの様子に、アレックスは苦笑いを浮かべつつ、二階部分をちらりと確認する。予想通り、明かりの灯《とも》った部屋を見て、アレックスはなんでもないことのような口ぶりで、ペイソンに問いかけた。

「……彼女の様子は？」

ペイソンは、漏れそうになるため息を呑み込んだ。

自分で本人に聞けばいいものを……と思うが、そう言ってしまえば、アレックスは二度と話題にしなくなるだろう。せっかく興味を示しているのだから、このいい変化を潰すようなことをしてはいけない。

「本日も奥様は変わりなく、お庭でハルクレットの手伝いをして、午後は刺繍をされていました。ただ、この屋敷にいらっしゃってから、気を張り続けていたからか、疲れが出ているようにお見受けします」

「疲れか……どうせ先に寝ていろと言っても、無駄だろうな」

「そうかもしれませんね」

自室に戻ったアレックスは、手早く汗を流し、夜着に着替える。そして寝室に繋がるドアの前に立ち、小さく息を吐いた。

いつの間にかアレックスは、エリーゼに対して以前のような嫌悪感を抱くことはなくなっていた。うっとうしいと思っていた挨拶も当たり前になっているし、笑顔を向けられて腹が立つこともない。

何よりアレックスを一番驚かせたのは、エリーゼがライラックの木の下で過ごすようになったと聞いても、素直に受け止められたことだった。

あのライラックの木はアレックスにとって、両親の思い出として唯一残っているものだ。

屋敷や昔からの使用人たちも、両親との思い出の一部と言えるのだろうが、月日が経つにつれて、幼い頃の記憶は薄れていき、新たな思い出に塗り替えられていく。

そんな中で、ライラックの木は両親がアレックスのために植えてくれた、変わることも塗り替えられることもない唯一の存在。家族に愛されていた証であった。

そんな大事な木に近づかなくなったのは、多くの女性と付き合い始めた頃からだろう。今まで一緒に成長してきたライラックの木を、無意識に避けていたと気づいたきっかけも、またエリーゼだった。

ジョイルに頼まれて、城下にある殿下御用達《ごようたし》の本屋に行ったあの日、アレックスの足は意味もなく屋敷へと向かっていた。用事など何もない。ただ一瞬、アレックスの頭にエリーゼの笑顔が浮かんだのだ。

少し覗いてすぐ城に戻ろうと思いながら立ち寄った屋敷で、アレックスが見たものは、満開のライラックの下で眠るエリーゼの姿。侍女から話を聞いた時は、予知夢を見たらどうするんだという心配しかなかった。

結婚した当初なら、『予知夢を見ないようにするために嫁いできたくせに、むやみに寝るなよ』と怒りの感情が湧いていたことだろう。

『俺は彼女を受け入れ始めているのかもしれない』と思うと、アレックスは起こす気にもなれず、エリーゼの隣に腰を下ろす。

微かに聞こえてくる穏やかな寝息から意識を逸らすように、顔を上げた。

久しぶりに見たライラックの淡い紫の花は、やけに鮮明だった。

アレックスは意を決して、寝室のドアを開けた。

ところが、そこにはいつもの笑顔のエリーゼではなく、椅子に座り、うとうとしている彼女がいた。読みかけの本を膝《ひざ》の上に開いたまま、カクカクと首を揺らしている。揺れるたびに頬に蜂蜜色の髪がかかり、時々くすぐったそうな仕草を見せる。

アレックスは思わず吐息とともに笑みを浮かべ、ゆっくり近づいた。起こさないように優しく丁寧にエリーゼを横抱きすれば、エリーゼの目がふわりと開き、「あえっくふさま?」と寝ぼけた声がこぼれる。

そんなエリーゼにアレックスが「寝ろ」と呟けば、エリーゼはふにゃっと目尻を下げ、再び眠りの世界へと落ちていった。

ベッドに下ろされたエリーゼは、膝を抱えるように丸くなる。夜着から覗く色白の手足に以前のような不健康さはなく、それどころか庭仕事のおかげでほどよい張りが生まれている。

アレックスは急いで布団をかけると、そんなエリーゼの記憶までも消し去るように、部屋の明かりを消す。布団へともぐり込んだアレックスは、わずかに汗ばんだ身体に気づかないフリをして、目をつぶった。

真夜中の恐怖

「今日も遅くなってしまった」

仕事を終えたアレックスは、同僚への挨拶を簡単に済ますと、そそくさと王宮を出る準備を始める。

あと一時間半ほどで真夜中だ。

行事が近いと、これぐらいの時間になるのはよくあることなのだが、今のアレックスにはとても遅く感じられる。

そんなアレックスの様子を、同僚たちはニヤニヤしながら見つめていた。なぜなら、どこからどう見てもアレックスの行動は、早く家に帰りたい新婚のそれだったからだ。

結婚したばかりの頃は、まさか『干渉するな』とまで妻に言っているとは思っていないが、皆アレックスが家に帰りたがっていないことに、薄々気づいていた。

ところが最近、急いで帰宅しようとしているのだ。これがニヤけずにいられるか。

アレックスは、同僚の生温かな視線に見送られながら王宮を出て、馬車の待つ場所まで足を進めていた。

思い浮かぶのは、椅子でうとうとしていたエリーゼの姿。

王宮から屋敷までは三十分ほどかかる。

『先に寝ろ』と言っても寝るつもりのないエリーゼに、少しでも早く睡眠の時間を、とアレックスは半ば無意識に歩くスピードを上げた。

しかし、その足は馬車に辿り着く前に止まることになった。

「アレックス様」

「……シンシア様？」

アレックスの目の前に立ちはだかったのは、濃い翠《みどり》のドレスをまとった金髪の美女であった。彼女の名はシンシア・ワークテイル。ワークテイル公爵家の長女であり、以前の夜会で、エリーゼに絡んでいた女性のひとりでもある。

「こんな夜遅くに、こんな所でいかがなさいましたか？　王宮内とて、危険でございますよ」

「アレックス様が、色よい返事をくださらないからですわ！」

シンシアは涙目で、アレックスに迫る。

こんな夜遅くに女性とふたりきりなど、誰かに見られたら大問題だ。それは既婚者であるアレックスにとっても、未婚のシンシアにとってもである。

アレックスは慌てて距離を取った。

「落ち着いてください、シンシア様。私はあなた様にお伝えしたはずです。結婚したので、お付き合いはできないと」

「望んだ結婚ではなかったのでしょう？　わたくしがなんとかいたしますから、ね？」

「お気持ちはありがたいですが――」

「どうして⁉　わたくしを愛してくれていたのではないの？」

シンシアは頭を振り乱し、アレックスを責め立てる。

確かにシンシアとは、共通の友人が開催するお茶会で何度か顔を合わせ、会話もした。着飾ったシンシアを褒め、真摯《しんし》に話に耳を傾けたし、エスコートが必要な際は、手を差し伸べた。

しかし、それは貴族として当然のマナーであり、騎士として困っている女性を見捨てないのは当たり前の行為。

とはいえ、容姿が美しく、騎士としての実力も地位もあり、さらに恋多き者として有名な男性が優しくしてくれたら、自分に自信のある女性が勘違いしてもおかしくはない。

アレックスは困り果てた。

確かにこの結婚は政略結婚で、アレックスの今までの行いを見ていれば、望んだものではないと思われても仕方がないだろう。だが既婚者であることに変わりはない。ましてや、アレックスとエリーゼの結婚には、エリーゼの命がかかっていて、簡単に別れられるものではない。

己が選ばれることを望み、愛されないはずがないと思っているシンシアを、どうやって説得すればいいのか。

『ペイソンが聞いたら、自業自得だと言われそうだな』と、アレックスは内心肩を落としながら、この場をどう切り抜けるべきか考えていた。

「わたくしは、あなたを愛しておりますのに」

そのシンシアの訴えに、アレックスは眉をひそめる。

「私の、どこを愛してくださっているのでしょうか？」

「もちろん、すべてですわ！」

アレックスは思わず鼻で笑ってしまった。

そんな彼に、シンシアは眉を吊り上げる。

「何がおかしいのですか!? わたくしは、真剣にお話ししているというのに！」

「失礼いたしました。ただ、『すべて』とおっしゃったので。私はあなた様の思っているような男ではありませんよ」

妻に迎えた女性と素直に向き合うこともできない臆病者で、自分のことしか考えられない、我がままで愚かな男だ。皆が思っているような、強くて優しい男性とはかけ離れている。

自虐的な笑みを一瞬浮かべたアレックスは、深く頭を下げ、シンシアの横をすり抜けようとした。

しかし、シンシアの手が妨《さまた》げるように、アレックスの腕をつかむ。

「そんなことを言っても、無駄ですわ。わたくしは諦めません」

「離してください」

「嫌ですわ！　あんな、なんの取り柄もなさそうな女に取られるなんて」

言葉を聞いた瞬間、アレックスの中で何かが切れた。アレックスはしがみついてくるシンシアの手をつかみ、引きはがす。

その強い力に「痛っ」とシンシアが声を漏らすも、気にする素振りはない。

「何をす――」

「それは、妻のことでしょうか？」

抗議しようと、勢いよく顔を上げたシンシアは固まった。

アレックスが感情のない、冷たい瞳を向けてきたからだ。殺気を放っているわけではないが、命のやり取りを何度もしてきた騎士特有のオーラが放たれている。

シンシアは、初めて恐怖を覚えた。

「え、あ……」

「そんなことは、二度とおっしゃらないでいただきたい」

恐怖でその場に座り込んだシンシアに、アレックスは声をかけることもなく、その場を去った。自分でも理解できないほどのイラ立ちに、歩く速度が上がる。

アレックスが馬車を視界に入れたと同時に、主人を待っていた御者が焦った表情で駆け寄ってくる。

「旦那様、お時間が！」

御者の言葉の途中で駆けだしたアレックスは、転がり込むように馬車に飛び乗った。

屋敷に馬車が到着した時、懐中時計の針は、すでに真夜中を過ぎていた。

馬車から駆け降りたアレックスを出迎えたのは、普段の冷静さが微塵《みじん》もない、焦った表情のペイソンであった。

それだけでアレックスは、何かがあったのだと察した。

「彼女は?」

「それが——」

ペイソンは、足を止めることなく屋敷の中へ入っていくアレックスに、懸命についていきながら説明を始めた。

真夜中に差しかかる前、部屋の明かりがついていたため、エリーゼはいつも通りアレックスの帰りを待っているのだと判断した侍女は、部屋を覗くことをしなかった。

しかし、真夜中になってもアレックスは帰ってこない。

いつ帰ってくるかもわからないため、アレックスがいないと眠ることもできないだろうと、ソルティアが気を利かせて紅茶を持っていった時、事が発覚する。

「ソルティア! 彼女は?」

「ア、アレックス様、こちらへ!」

夫婦の寝室の扉の前で、アレックスを待っていたソルティアは、彼に駆け寄るなり、寝室へと案内する。

アレックスがそこで見たもの……それは、椅子に腰掛けたまま眠る、エリーゼの姿であった。

「どんなに起こそうとしても、起きてくださらないのです」

エリーゼを心配そうに見つめるソルティアの手が、わずかに震えている。

エリーゼはいつもの柔らかな表情ではなく、苦しそうに顔を歪めて眠っていた。

額に汗をかき、荒い呼吸を繰り返しているエリーゼの姿に、アレックスは言葉を失ってしまう。

そんなアレックスの背を思い切り叩《たた》いたのは、ペイソンである。

「アレックス様！　何をボケッとしているのですか！」

その声にはっとしたアレックスは、床に縛りつけられていた足を無理やり前に進めて、エリーゼに近づく。

「起きろ！　おい、起きろ！　起きるんだ！」

肩を揺らせば、エリーゼの首がカクンと力なく揺れ、蜂蜜色の髪がふわりと動く。

眠るというより、意識がないようにも見えるエリーゼの様子に、アレックスは焦っていた。

事情を知る使用人たちは、『真夜中に決してひとりで寝かさないように』と聞かされてはいたが、もしも寝てしまったら起こせばいい、そんな程度に考えていた。

だが、アレックスはこの状況になって、ようやく大事なことを思い出す。

それは結婚式の時に、エリーゼの両親がこぼした言葉。

『私たちは予知夢を見る娘を、起こして助けてやることもできない』

だから頼む……そう伝えてくるかのように、エリーゼの両親はアレックスに頭を下げた。

あれは、『一度予知夢を見始めると起こすことができない』という意味だったのだ。

そのことに初めて気づいたアレックスは、もっとちゃんと耳を傾けていれば、簡単にわかっていたかもしれない、と後悔する。

三人は悟った。なぜエリーゼの両親が、本当に予知夢を見ないで済むかもわからないのに、ひとり娘をアレックスのもとに嫁がせたのか。エリーゼがアレックスのいない所で寝るのを、あんなに恐れていたのかを——。

何もできないからだ。

無力感を抱える両親。そして予知夢を見続ける恐怖と、それから逃れられない絶望を抱えるエリーゼ。

キャスティアン伯爵家にとって、アレックスは藁《わら》にもすがる思いで見つけた、唯一の希望の光だったのだろう。

「……約束を破ってすまなかった。どうか起きてくれ、どうか」

アレックスはエリーゼの前に膝をつき、懺悔《ざんげ》するように小さく呟く。向き合うことから逃げてきた自分の行いが、エリーゼを苦しめる結果になってしまったことを、アレックスは悔《く》いた。

その後ろでは、ソルティアとペイソンも苦しげな表情を浮かべている。

アレックスがエリーゼと向き合うには、遅すぎたのかもしれない。

「ア……アレック、ス、様？」

「っ！」

アレックスはその小さな声に導かれるように、伏せていた顔を勢いよく上げる。

エリーゼは肩で息をしながら、うっすらと目を開け、目の前でひざまずくアレックスを困惑したように見つめていた。

安堵と申し訳なさに言葉を詰まらせたアレックスは、何を言うべきか迷い、結局「大丈夫か？」と声をかけた。

べっとりと汗をかき、苦しそうに胸を押さえているエリーゼは、どう見ても大丈夫ではない。

少し冷静になったアレックスは、すぐにそのことに気づいたが、発した言葉は撤回できない。

エリーゼが目覚めた瞬間、ソルティアは即座に着替えと身体を拭く物を取りに行き、ペイソンは医者を迎えに行った。

それを確認したアレックスは、近衛騎士でありながら、動揺で真っ当な判断ができていない自分を情けなく思った。

そんなアレックスの心情を知る由もないエリーゼは、全身に走る痛みで顔を歪める。そして、アレックスの存在を確認するように、彼の頬にゆっくりと手を添える。

驚いたアレックスは、目を見開いたまま固まった。

「よ、かった……無事、です、ね」

そのひと言に、アレックスはぐっと胸を押し潰されるような感覚に陥った。

『何が無事なのだ、君はボロボロではないか！』と叫びたくなり、それが自分のせいであることが悔しく、たった一日でこんなにもダメージがあることに恐怖すら覚え、アレックスは無意識に、両手を爪《つめ》が食い込むほど強く握りしめた。

その後、すぐにソルティアがやってきて、アレックスを部屋から追い出す。身体を綺麗に拭かれ、新しい夜着に着替えさせられたエリーゼは、ソルティアに心配をかけて申し訳ないと、何度も囁《ささや》いた。

ソルティアはなんとも言えない気持ちで、「わたくしどもこそ、申し訳ありません」と返すことしかできなかった。

医者に診てもらい、安静にするよう告げられたエリーゼは、そのまま眠りについた。

もちろんアレックスも、待っている間に寝る準備を済ませ、エリーゼの隣で眠る。

アレックスが寝室にやってきた時、エリーゼは彼にも謝罪した。

約束を破ってしまったことを謝ろうと思っていたアレックスは、寝てしまった私が悪いと言うエリーゼに、謝るタイミングを逃す。

疲労ですぐに眠ってしまったエリーゼを、アレックスは盗み見た。

穏やかな表情で眠るエリーゼの様子に、ホッと胸を撫で下ろすも、苦しそうに顔を歪めていた先ほどの光景が蘇り、なかなか寝つくことができない。

仕事柄、命のやり取りを何度もしてきたアレックスである。目を背《そむ》けたくなるようなおぞましい光景だって幾度も目にしてきた。

それなのに、どうしてか。

アレックスは、自分がなぜこんなに動揺しているのか理解できず、眠気が襲ってくるまで、ずっとエリーゼを見つめていたのだった。

翌朝、いつものようにアレックスと同じ時間に目覚めたエリーゼは、布団から這《は》い出て彼を見送ろうとする。

しかし、アレックスに止められてしまい、布団の中で見送るハメになった。

アレックスと入れ替わるように、ソルティアが寝室にやってくる。いつもより早い登場に、エリーゼは申し訳なくなった。

「おはようございます、ソルティアさん。昨日はご迷惑をおかけしました」

「おはようございます、奥様。迷惑だなんて、わたくしどもの配慮が足りなかったせいでございます。どうか、そんなことをおっしゃらないでください」

アレックスの帰りが遅い時は、しっかり起きていなければと思っていたのに。椅子でうたた寝をしてしまったのは、完全に気を緩めた自分の責任であると、エリーゼは考えていた。

結婚してからアレックスが約束を破ったことはなく、新しい恋人ができたという噂もなかったため、当分愛人の心配もない。最近、帰りが遅いのは仕事が忙しいからで、私はアレックス様から見放されていない……そんな安心感が気を緩めた。

仕事ならば、エリーゼのためとはいえ、真夜中までに帰ってこられないこともあるだろう。そう心の片隅で思いながらも、アレックスは約束を守ってくれる……そういう勝手な思い込みがあったのだ。

『アレックス様のことを相当信頼しているなぁ』とエリーゼは苦笑いを浮かべ、すぐに気を引きしめた。起き上がろうと腕に力を入れれば、ズキンと全身に痛みが走る。
思わず漏れた「くっ」というエリーゼの小さな声に、ソルティアは敏感に反応した。
「身体を起こされますか？」
「……はい」
ソルティアはゆっくりとエリーゼの上半身を起こし、背中にクッションを当てる。
エリーゼが感謝の言葉を告げれば、ソルティアは「なんでもおっしゃってください」
と笑顔で答えた。
ソルティアは朝食を取りに部屋を出ていき、エリーゼは深いため息をつく。
これでは嫁ぐ前となんら変わらない。部屋でしか過ごせず、ひどい時は使用人たち
の手を借りねば動けない。
文句も言わず、頼ってくれと笑顔で言ってくれる使用人たちの好意はありがたいし、
毎日部屋に顔を出してくれていた両親や、学校であったことをよく話してくれていた
弟の存在は、エリーゼの心を癒《いや》してくれた。
それでも、申し訳ない気持ちに苛《さいな》まれる。エリーゼとて、なりたくてこんな体質
になったわけではないが、愛する家族や仕えてくれる使用人たちの役にも立てず、た
だ愛情を受けるだけ。

そんな自分が、しばしば嫌になる。

だからアレックスのもとに嫁ぎ、予知夢を見なくなってからは、すべてが嬉しかった。たとえアレックスから愛されず疎《うと》まれようと、自分も誰かの役に立てるかもしれない、何かに愛情を与えられるかもしれないと。

けれど、エリーゼはまた役に立たない存在になってしまったのである。


朝食を食べ終え、庭に出ることもできず、昼までボーッと過ごしていたエリーゼのもとに、訪問者が現れた。

それは、幼い頃からエリーゼを診ていた王宮医師のロゼッタであった。

エリーゼが、連絡してほしいとお願いしていたのだ。

部屋に入ったロゼッタは、すでに半ギレ状態だった。

なんとなく想像していたので、エリーゼは苦笑いを浮かべる。

「来てくれてありがとう、ロゼッタ」

「当たり前じゃない！　大丈夫なの？　結婚してから予知夢を見ていなかったから、連絡を受けた時は驚いたわよ」

「ごめんね」

「エリーゼが謝ることではないわ。あいつよ！　最近変わってきたと噂になっていたから、少し見直していたのに」

ロゼッタは艶のある黒髪を振り乱しながら、文句を連ねるも、困り顔のエリーゼを見て、シュンと小さくなった。

「ごめん、言いすぎたわ。仮にも、夫の悪口は聞きたくないわよね」

「ありがとう、ロゼッタ。私のために怒ってくれて。でも私、本当にアレックス様に腹は立っていないのよ」

そう言って笑ったエリーゼを見たロゼッタは、『もしやアレックスに好意を？』と思ったが、浮かんだ言葉を口にすることはなかった。

「私ね、こちらに来てからすごく充実しているの。庭仕事を手伝ったり」

「に、庭、しごと？」

「それから木の下で本を読んだり、散歩したり。あっ！　お菓子作りも教えてもらったわ。今までできなかったことができて、幸せなのよ？」

「エリーゼ……」

幼い頃から診てきたロゼッタは、エリーゼの気持ちがよく理解できた。

確かに以前会った時より、表情が明るくなったようにも見える。

だが、やっていることが伯爵夫人としてどうなのかと、ロゼッタは眉を下げた。

「幸せなら……まぁ、いいのだけど」

「だから私、アレックス様の、皆の役に立ちたいの」

うつむいたまま静かに告げたエリーゼの顔を、窺い知ることはできない。それでも、ロゼッタは嫌な予感がした。

「エリーゼ、あなた……予知夢で何を見たの？」

「ロゼッタ。これから私がやることを見逃してほしいの。きっとロゼッタには連絡がいってしまうと思うから、前もってお願いしようと思って」

「な、何？」

顔を上げたエリーゼの表情を見て、ロゼッタはなぜか泣きたくなった。

そこに未来を諦めながらも、必死に笑顔を取り繕《つくろ》っていた少女の面影はなく、確かな意志を持った、凛《りん》とした女性の姿があったからだ。

この結婚は、確実にエリーゼの心を成長させている。

けれど、それを喜べばいいのか、ロゼッタはわからなかった。

予知夢と決意

響き渡る人々の叫びや悲鳴。

そんな異様な空間の中、脇腹に折れた矢が刺さった状態で、倒れている青年がいた。口からひと筋の血が流れ落ち、もともと白い肌は青白くなっていく。特徴的な藤色の髪は床に無造作に広がり、澄み渡る青い瞳は次第にくすんでいった。

ピクリとも動かなくなったその姿を、エリーゼは空から眺めている。

驚きと恐怖で思考が停止していたエリーゼを我に返したのは、どこかから聞こえてくる、彼の名を必死に叫ぶ男性の悲痛な声であった。

結局、エリーゼは予知夢の内容をロゼッタに明かさぬまま、一方的にお願いをした。そして、何か言いたそうな不満顔の彼女をなんとか宥めて、帰すことに成功した。

予知夢を見たことで体力がなくなっていたエリーゼにとっては、骨の折れる作業だったが、ロゼッタが『これ以上はエリーゼの身体に負担がかかる』と、渋々受け入れてくれたのだ。

しかし、問題はこのあとであった。

気心の知れたロゼッタには強気にお願いできたものの、屋敷の者たちをどうやって説得しようかとエリーゼは頭を悩ます。

今回の予知夢の件で、使用人たちはエリーゼをより大切に扱ってくれている。

エリーゼが予知夢で見たもの……それは、アレックスの息絶えた姿であった。

いつ、どうやって襲われたのかも、どこで命を奪われたのかもわからない。ただ次第に命の炎が消えていくアレックスを、エリーゼは何もできずにただ見ているだけだった。

エリーゼは、今までたくさんの予知夢を見てきた。もちろん人の生死に関わるものもだ。最初はその光景を見ただけで、吐き気や恐怖に襲われていた。今でも人の死に慣れることはない。

それでも、エリーゼにとっては知らない人たちだったため、感情が乱れることはなかったし、未来を変えたいと抗《あらが》うこともなかった。

しかし、今回は違う。

夢の中で、エリーゼはアレックスに駆け寄りたくても近くに寄ることも叶わず、声を張り上げ、名を叫んでも届かないことに絶望した。どうして、なんで。そればかりが頭を駆け巡る。

今まで見てきた人の死とは、明らかに違う恐怖がエリーゼを侵食していく。張り裂けそうなほど胸が苦しいのに、アレックスから目を離すことが怖くてできなかった。次第に靄がかかるように景色が薄れ、全身を針で刺されるような痛みが襲ってくる。そこでようやくエリーゼは、これは予知夢だ、と気づく。そして初めて、先ほど見た光景はまだ起こっていない。そう教えてくれる痛みに感謝した。

目が覚め、目の前にアレックスがいた時は、心の底から安堵した。その存在を確認したくて手を伸ばしたことは、さすがに反省している。

せっかく心配の言葉をかけてくれたというのに、エリーゼをまっすぐ見つめていた青い瞳は陰りを帯び、伏せられてしまったのだ。

アレックスに不愉快な思いをさせてしまっただろうか、といつもは痛まない胸の奥が、ズキッと痛むのをエリーゼは感じた。

エリーゼはあることを決心した。しかし、これから自分がすることを、周りにどうやって受け入れてもらえばいいか、妙案が思いつかないままソルティアに介抱されながら夕食を食べていた。そして、思い切って、ソルティアから攻めようと決めた。

今回のエリーゼのお願いで、一番迷惑をかける人物だからである。

「あ、あの、ソルティアさん」

「はい、なんでしょうか？　お飲み物を飲まれますか？」

「いえ、そうではなくて……この屋敷には、ほかにも休める部屋はありますか？」

「ございますが……どういうことでしょう？」

エリーゼは不思議そうな表情のソルティアから目線を外し、一度深呼吸をすると、意を決したように顔を上げた。

「今日はひとりで寝たいのです」

予期せぬ言葉に、ソルティアは目を見開き、言葉を失う。

本来ならば、屋敷の皆にこれ以上、迷惑はかけたくない。

それでも、エリーゼは皆の役に立ちたかった。今までも予知夢を見たことで未来を変えられたことは何度かあった。

しかし、そのためには、より詳しい情報が必要なのだ。

エリーゼはさらに予知夢を見て、アレックスの命を救おうと決めた。『たとえ命が削られても予知夢を見たい』と思えたのは、初めてであった。

「迷惑をかけるのは承知のうえです。ですが、どうか私の願いを聞き入れてはくれませんか?」

「なりません、奥様。お身体にさわります」

「お願いします」

「しかし……」

ソルティアは昨夜の出来事を思い出し、頑なに首を横に振る。

額に脂汗をかき、苦しそうに呻《うめ》き声を漏らすエリーゼの姿を、再び見るようなことがあってはならない。

しかし、エリーゼも折れるわけにはいかなかった。

予知夢で見た出来事が、いつ起きるのかわからない。今日かもしれないし、明日かもしれない。

予知夢の内容を話すべきかもしれないが、アレックスが命を落とすことしか情報がなければ防ぎようがなく、ただ動揺させてしまうだけだろう。

それは避けたい。

覚悟を決めたエリーゼは、ピンと背筋を伸ばし、少し硬い声でソルティアを呼んだ。

そして落ち着いた表情で彼女を見据《みす》える。

普段と異なるエリーゼの様子に、ソルティアは顔を強張《こわば》らせた。

「私はひとりで寝ます。アレックス様には、私から伝えますから。いいですね？　わけは聞かないでください」

「……かしこまりました」

ソルティアは一瞬迷ったものの、初めて見せる伯爵夫人らしいエリーゼの姿に、何か大変な事情があると察し、頷いた。

それほどまでに、エリーゼの姿には主人としての威厳があったのだ。

ソルティアは、部屋を整えてくると言って、夫婦の寝室をあとにした。

その後ろ姿を見送ったエリーゼは、一気に脱力する。たったそれだけの動作で身体が軋《きし》むものの、先ほどの緊張で痛みを感じる余裕もない。

内心、『我がままを押し通してしまった』と焦るエリーゼだったが、ひとりで寝ることを認めてもらうためには、仕方がない。

ソルティアには、自分でアレックスに伝えると言ったが、できればアレックスには言わず、引きこもりたいとエリーゼは考えていた。

個室を用意してもらい、扉に鍵《かぎ》をかければ、誰も入ってこられはしないだろう。

とはいえ、今日ひとりで寝たからといって、知りたい情報をすべて見られるかどうかはわからない。

もしも情報が足りなければ、必要な手がかりを得られるまで、予知夢を見続けたい、とエリーゼは思っていた。

アレックスに反対されるかどうかはわからないが、不快な思いをさせるのは間違いないだろう。

自ら進んで予知夢を見ようとしているのだ。昨夜など、自分の気の緩みで皆に迷惑をかけてしまった。アレックスとの縮まり始めていた距離が、再び開いてしまっても仕方がないだろう。

そう心の中で自分に言い聞かせても、気が滅入りそうになる。

「それでも……やらなきゃ」

誰に聞かせるでもないエリーゼの囁きが、部屋に響く。やる気はばっちり。あとはアレックスが帰ってくる前に、引きこもるだけ。

そう思っていたエリーゼのもとに、アレックスが帰宅したという、悲しい知らせがもたらされた。

「おかえりなさいませ、アレックス様」

「……体調は？」

「皆さんによくしていただいていますから、大丈夫です」

いつもよりも早く帰宅したアレックスを、エリーゼは立って出迎えようとする。

しかし、アレックスはそんな彼女を手だけで制し、寝室へと入ってきた。そして、朝よりも幾分か顔色のいいエリーゼを見て、無意識に安堵の息を吐く。

「そうか。まぁ、今日は早く休め」

その言葉で、エリーゼはわずかに目を伏せた。

今日、アレックスが早く帰ってきたのは、エリーゼが安心して早く眠れるようにするためだと、察したからである。その気遣いを、素直に喜びたいのに喜べない。

なぜなら、自分がこれからアレックスに告げる言葉は、彼の善意を無碍にするものだからだ。

「アレックス様……あの」

「なんだ」

まずはエリーゼの顔色を見ようと、屋敷に着いてすぐに寝室へ足を運んだアレックス。彼は着替えるために私室へ向かおうと、扉に手をかけていた。

エリーゼに呼び止められることなど今までなかったため、アレックスの表情にはわずかに困惑の色が見える。

そんなアレックスの様子を見て、一度言い淀《よど》んだエリーゼであったが、意を決して彼の瞳と向き合った。

「今日は、ひとりで休ませていただこうと思います」

「……なんだと？」

アレックスは眉をひそめ、怪訝そうな表情を浮かべる。

普段よりも低いアレックスの声に肩を揺らすも、エリーゼは顔を背けないよう、必死にこらえた。

「皆さんに迷惑をかけることは、重々承知しております」

「ならば、なぜそんなことを言う」

「そ、それは……」

〝あなたが死なない未来を探すため〟

その言葉を口にすることに、エリーゼは躊躇《ちゅうちょ》した。曖昧な情報は混乱を招くと、エリーゼは幼い頃から知っている。そして何より、言葉にすると本当に起こってしまいそうで怖かった。

「予知夢を見るためです」

「君は予知夢を見ないようにするために、俺と結婚したのだろう⁉　何を勝手なことを言っている！」

アレックスは目を吊り上げ、勢いよくベッドまで詰め寄る。我慢できず声を荒らげたアレックスの胸の中は、今まで感じたことのない怒りで溢れていた。

自分たちの結婚の目的はなんだ。周りに心配を、迷惑をかけたくないと言ったのは嘘か。

予知夢を一番恐れているくせに。あんなに苦しむくせに……。

どの感情が正解なのか、わからない。それでも、アレックスはそんなことはさせないと強く思う。

「認めない。今日はさっさと寝ろ」

「アレックス様！　お願いします、どうか！」

「なぜ、苦しんでまで予知夢を見る必要がある！」

「今見なければ、後悔するからです。私はあなたを守りたい！」

エリーゼは目尻に涙を浮かべ、今まで出したことがないくらいの大声を張り上げる。

その切羽詰まった表情を見て、アレックスは目を見開き固まった。そして、少し冷静になると、ひとつの考えに辿り着く。

「昨日、何を見た？」

答えまいとエリーゼはぐっと口を結ぶも、アレックスから向けられる真剣な眼差しに目を泳がせる。

「言え」

「……お願いします」

なんとか追及を免れようとするも、アレックスに折れる様子はない。

「言わないならば、願いは聞き入れられない」

逸らされることのない青い瞳に映るエリーゼは、わずかに目を伏せた。

「……アレックス様が、何者かに殺される姿です」

今度こそ言葉を失ったアレックスは、目の前で気丈に振る舞おうとしながらも、小さな手を震わせているエリーゼに気づき、我に返った。

「……まさか、俺を救うために見るのか？」

「今までも予知夢で詳しい情報がわかれば、悲惨な未来を回避できたことがあります。昨日の予知夢では、その……アレックス様の姿しか見られず」

「それで詳しい情報を知るために、見たいと？」

困惑しているのか、アレックスの青い瞳がわずかに揺れる。

「はい」

余計なお世話だと言われてしまえばそれまでだが、今回はアレックスに意見を譲る気なんてエリーゼにはない。正直、何度もアレックスの亡くなる瞬間を見なければならないのかと思うと気が滅入りそうにもなるが、そんな泣き言を言っている場合ではないのだ。

「情報がわかれば、すぐにお伝えします。もちろん、この予知夢で見たことは他言いたしませんし、使用人の皆さんにも言いません。ですから――」

「なぜ？」

「は、い？」

ふたりの視線が絡んだ瞬間、アレックスはくしゃりと表情を歪めた。

「なぜそこまでする。俺は、君に何かしてやったわけでもないんだ」

思わず漏れた本音。

アレックスは迷子の子供のような、不安そうな眼差しをエリーゼに向けた。

しかし、アレックスの言葉を聞いたエリーゼは、優しい微笑みを返す。

「アレックス様は、たくさんのものを私に与えてくださいました。無理やり結婚させられ、不快であろう私という存在に、居場所を与えてくださいました。約束を守り、命を救ってくださいました。自由をくださいました」

「そんなもの……」

「いいえ。私にとっては、とても大きなことなのです。外にも出られず、誰かの助けなしには生きられない。与えられるだけだった私にとっては、この屋敷でのすべてがかけがえのない出来事です」

何もしていないつもりでも、アレックスはエリーゼに多くのことを与えてくれていた。社交界に連れていってくれて、庭仕事もさせてくれた。無視を突き通すこともできたのに、結局そうしなかったのは、アレックスの人柄故だとエリーゼは思っている。

エリーゼが、そんなアレックスの役に立ちたいと思うのは、当然だった。恩返しがしたいなどと、そんな重くて押しつけがましいものではない。ただ単純に、アレックスが死ぬのは嫌だったのだ。たとえこの身が削られようと、救いたい。

それは、あの予知夢から覚めた瞬間から、考えていたことだ。

「ですから、どうか私の願いを聞き入れてくださいませ」

「しかし」

「アレックス様なら、おわかりでしょう？　守りたいものを守れぬ怖さを」

エリーゼの強い眼差しを受けたアレックスは、小さく呻き声をあげながら藤色の髪を乱暴にかく。そして一気に、ベッドの上に座るエリーゼとの距離を詰めた。

何を言われるのかという緊張と、距離の近さで、エリーゼはうつむきそうになった。

アレックスはそんなエリーゼと目線を合わせるように片膝をつき、エリーゼが自分のほうを向くようにと、彼女の顎《あご》を持ち上げる。

「無理をしないと約束できるか？」

アレックスの瞳に映ったエリーゼは、息を呑む。

「部屋には、ソルティアしか入れないようにする。その代わり、苦しかったら我慢せず言え。それが条件だ」

真剣な眼差しに射抜かれて、エリーゼの胸の鼓動は、悲鳴をあげそうなほど速くなっていく。顎に添えられたアレックスの手から伝わってくるはずの体温が、感じられないほど身体が熱い。

「あ、ありがとう、ございます」

「……君が礼を言うのは、おかしいだろう。それで、そちらからの条件は？」

言い聞かせるのが終わったからか、アレックスの手がエリーゼから離れていく。

それを目で追っていたエリーゼは、予想外な問いかけに間抜けな表情を浮かべた。

「条件、ですか？」

まさか我がままを通そうとした自分に、条件を聞いてくると思っていなかったエリーゼは、『早く言え』と急かすようなアレックスの眼差しに慌てる。

「で、では、寝る前にアレックス様のお姿を見せてください」

「俺の姿?」

「正直、アレックス様の亡くなる姿を何度も見るのは不安で……せめて、ちゃんと帰ってきた姿を確認したいのです」

「……わかった」

神妙な面持ちで頷いたアレックスは、立ち上がると私室に繋がる扉へと向かう。

その背中を黙って見送っていたエリーゼであったが、アレックスが扉に手をかけた瞬間、振り返ったため、驚いてビクッと身体を揺らした。

「昨日の予知夢で見たことを、その紙に書いておいてくれ。着替えたら取りに来る」

アレックスは、テーブルに置いてある紙とペンに視線を移し、今度こそ寝室を出ていった。

長話で疲れ始めていたエリーゼに、気を遣ってくれたのか。それとも、高ぶる感情を落ち着かせる時間をくれたのか。

どちらにせよ、気遣ってくれた。それだけで顔が綻《ほころ》ぶ。

着替えを済ませて寝室にやってきたアレックスは、メモを受け取ると、何食わぬ顔で寝室を出ていこうとした。

エリーゼは、この寝室はアレックスに使ってもらおうと考えていたので、慌てて引き止める。

しかし、エリーゼの主張は聞き入れられず、アレックスは「おやすみ」という挨拶を残して出ていった。

しばし唖然《あぜん》としていたエリーゼは、アレックスの細やかな気遣いに、予知夢を見る恐怖感が薄れていく気がした。

迫る未来

王都の街並みと同じように、白と青の色彩が美しいお城のような建物。

そのバルコニーに切れ長で藍色の瞳を持つ、銀髪の整った顔立ちの男が立っている。

エリーゼは姿絵でしか見たことがなかったが、美しい金の刺繍が施された赤色の服を身にまとうこの方は、アレックスの仕えるジョイル殿下なのだろう。

空の上から眺めるように、眼前の光景を目に焼きつける。前回の予知夢ではアレックスの姿しか見ることができなかったが、今回は全体的な様子を見られそうだと安堵した。

ジョイル殿下の背後にはアレックスが控えており、ほかにも数人の護衛がバルコニーの上に配置されている。

バルコニーの下の広場は多くの民衆で溢れていて、ジョイル殿下が手を振るたびに、大きな歓声があがった。

何かの催し物でもあるのだろうか。

友人の少ないエリーゼは、世の中の情報に疎い。伯爵夫人としては問題ありだが、お茶会などに顔を出すのが怖かったのだ。ソルティアたちは少しずつ慣れていけばいいと考えていたようだったので、エリーゼはその考えに甘えてしまっていた。

とにかく、大事なところを見逃さないよう目を凝《こ》らしていると、突然アレックスがジョイル殿下のもとへと走りだした。そのまま剣を抜き、空中に向かって振り下ろす。

最初は何をやっているのか、エリーゼにはわからなかった。

しかしよく見ると、剣舞の如《ごと》く、鮮やかな剣さばきを披露《ひろう》するアレックスの足元に、折れた矢が何本も落ちていることに気づいた。

民衆に紛れて、誰かが矢を放っているのだろう。至る所から飛んでくる矢は、アレックスが守るジョイル殿下を狙っている。

それは、本当に一瞬の出来事だった。

ほかの護衛がジョイル殿下を避難させようとした瞬間、横から飛んできた矢がアレックスの脇腹に刺さったのだ。

片膝をつくアレックス。

彼のまとう白い騎士服の脇腹付近が、じわじわと赤く染まっていく。

それでも、アレックスは身体に刺さる矢をへし折って、剣を振り続けていた。民衆たちはパニックに陥っており、悲鳴や怒号が辺りに飛び交う。

エリーゼはバルコニーで倒れていくアレックスから、一時も目を離さなかった。

身体を支えようと剣を立てるも、力が入らないのか、アレックスは崩れ落ちるようにその場に倒れる。

吐血し、苦しそうに咳《せ》き込むアレックス。

彼の名を何度も呼ぶジョイルの声が、エリーゼの耳に届いた。

『前回の予知夢でも聞こえた叫び声の主は、殿下だったのだな』とあまり重要ではないことを考える。

そうしなければ、アレックスの呼吸が弱まっていく姿を見ていられなかった。結果がわかっているのに、胸がたまらなく苦しくて、泣き叫んでしまいそうだった。

次第に視界がぼやけ始め、身体を針で刺されるような、頭を突き抜けていくような痛みが襲ってくる。続けて感じる吐き気や頭痛は、幼い頃から付き合い続けていたはずなのに、結婚してから味わうことがなかったためか、今までより数倍痛く感じる。

意識が浮上したエリーゼは、二日続けて予知夢を見たせいで体力がほとんど残っていなかった。エリーゼはそのまま再び眠りに落ちていく。

そんなエリーゼの耳に「安心して眠れ」と優しく温かな声が聞こえてきたが、それが夢か現実かはわからなかった。

朝、エリーゼが目を覚ますと、太陽が窓からはっきりと見えていた。完全に寝坊である。

本当に寝ることへの危機感が薄れてしまった、とエリーゼは自分自身に呆れてしまった。アレックスという存在が、自分の中で大きくなっていることがよくわかる。

久しぶりに予知夢を連続して見たせいか反動が大きく、ただ腕を上げるだけでも声が漏れそうになるほどの痛みが全身を襲う。

唇を噛みしめながら軋む身体をなんとか動かし、ベッド脇に置かれているベルを鳴らす。

すると、すぐにソルティアがやってきた。

「お、おはようございます、ソルティアさん。寝坊してしまいました。アレックス様は？」

「おはようございます、奥様。お気になさらなくて大丈夫ですよ。寝かせてあげろとアレックス様がおっしゃって、仕事に行かれたのですから」

「そうなのですか？」

「はい。ですから、お気になさらないでくださいね」

「わかりました」

アレックスの優しさが嬉しくて、思わず笑顔になるエリーゼに、ソルティアも微笑んだ。アレックス様はなんて素敵な女性を妻にできたのだろう、とソルティアはしみじみと思う。

最近では、アレックスの帰宅時間は早まり、ライラックの木のそばにいるところを、使用人たちが見かける機会も増えた。

これは嬉しい変化だ。

それに、エリーゼのことを受け入れ始め、ここ数日はしっかり向き合おうとしている。昨夜もソルティアが見張りをすると言ったのに、自分がすると言って自室で仕事をしながら、エリーゼの様子を度々見に行く始末。

仕事に支障が出ると言っても聞かないところは、大事な物をなかなか手放さなかった子供の頃に戻ったようだ、とソルティアはなんとも言えない気持ちになった。

つらくても笑顔を崩さず明るく皆と接し、屋敷の中だけでなくアレックスまでも変えてくれているエリーゼには、いくら感謝してもしきれない。なぜ予知夢を見ようとしているのかはわからないが、アレックスが認めたということは何か大切なことがあるからだろう。

そのことに口を挟むつもりは、ソルティアになかった。

ソルティアに手伝ってもらい、いつもの三倍の時間をかけて着替えを済ませ、寝室で朝食を食べていたエリーゼは、世話をしてくれているソルティアに、なんの気なしに話題を振った。

「この国で、国民が王族を見る機会ってありますか？」

「国民がですか？　そうですね……建国祭とか王族の誕生日なら、見る機会がありますね。そういえば、明後日《あさって》はジョイル殿下の誕生日なので、見ることができると思いますよ」

「え？」

「最近はアレックス様も、そのために遅くまで仕事のようでしたから。明後日以降はゆっくりでき――」

「どうしましょうっ」

「ど、どうなされたのですか？」

エリーゼは滅多にあげない大声を出し、ソルティアの言葉を遮った。

そのことに驚いたソルティアは、血の気が引いていくエリーゼの、尋常ではない様子に何かを悟る。

何かいい情報が入れば……と軽い気持ちで話題を振ったら、思いもしない事実が飛び込んできた。

あの予知夢の光景は、ジョイル殿下の誕生日の出来事だと、エリーゼは確信する。

ソルティアは明後日と言った。

今からでは中止になんてできないだろう。しかし、このままでは確実に恐ろしい未来がやってくる。エリーゼの望まぬ未来が。

「紙とペンを持ってきてください。アレックス様に手紙を書きます」

「かしこまりました。しかし、今の奥様にペンを持つ力は。私が代わりに」

「ありがとうございます。でも、これは私が書かなければいけません」

誰にも教えられない。特にこの屋敷の人には知られたくない。伝えられるのは、アレックスだけ。

エリーゼは朝食を最後まで食べることもなく、ソルティアから渡された紙と向かい合った。なんとか力を振り絞り、予知夢を細かく思い出しながら書いていく。文字が震え、線からはみ出し、所々読みにくい文字で書かれた手紙は、たとえ家族であっても渡すことをためらうような物だった。

それでも、アレックスならわかってくれる。ちゃんと読んでくれる。

エリーゼはそう信じることができた。

「これを、すぐにアレックス様へ」

「かしこまりました」

ソルティアは渡された手紙を大切に持ちながら、部屋をあとにする。

それを見送ったエリーゼは、今度こそ力尽きたようにベッドへ倒れ込んだ。その衝撃で身体に痛みが走るも、そんなことにかまってはいられなかった。

「どうか未来よ、変わって」

手が小刻みに震えるのは、力を使い切ったからでもなんでもない。ただ未来への恐怖がエリーゼを襲っていた。

信じるもの、信じられるもの

石造りの王宮の廊下に、規則正しい靴音が響く。

王宮内で帯剣《たいけん》を許された数少ないその男の颯爽と歩く姿は、廊下ですれ違う者たちの視線を集めていく。

だが、いつもは甘い微笑みを浮かべている彼が、どこか落ち着かない様子であることに誰もが疑問を浮かべていた。

普段は争うように男に話しかけている侍女たちでさえ、声をかけることをためらうほどに、その男、アレックスは早足で王宮の廊下を進んでいく。

彼がそわそわしている原因は、屋敷で寝込んでいるであろうエリーゼだ。

正直、自分の心を占めているこの感情が何なのか、アレックスにはわからなかった。

今までエリーゼに何かしてやれたことはない、とアレックスは思っている。挨拶を返し始めたのだって、彼女のためではなく、意地を張るのがバカバカしくなったから。

彼女が好きなことをしていても咎めなかったのは、そういう約束だったから。

いずれも、彼女のためにしたわけじゃない。

それなのに、エリーゼはアレックスのために命を削ると言う。アレックスを守りたいと言う。

その気持ちになぜか心が揺れてしまった。しかし今、アレックスはなぜ許可してしまったのだろうと後悔している。

別に、彼女の命が削れてもかまわないじゃないか。自分の命が救われるかもしれないのだから。もし彼女がいなくなったとしても、以前に戻るだけだ。

そう自らに言い聞かせても、予知夢を見ているエリーゼのそばにいると、そんなことを思う自分が許せなくなる。

なぜこんな気持ちになるのだろうか。この誰にもぶつけることのできないイラ立ちや悔しさはなんなのだろうか。そんなもやもやとした整理のつけられない気持ちに苛まれても、やはり屋敷で寝込んでいるであろうエリーゼのことが心配で仕方がない。

アレックスの頭の中は、エリーゼのことでいっぱいだった。

そんな彼に、後ろからひとりの騎士が声をかけてくる。

アレックスが振り返ると、自分の後輩である騎士が、手紙らしき物を持って立っていた。男はニヤついた顔を隠す様子もなく、ずいっとアレックスに手紙を差し出す。

「アレックスさん、奥様からですよ」

「妻から?」

勢いよく手紙を奪い取ったアレックスは、礼を言うと、先ほどよりも早い足取りで人気《ひとけ》のない所へと去っていく。

アレックスの態度に驚いた騎士は、あの人があそこまで溺愛する奥さんってどんな人だろう、と想像を膨らませていた。

人気のない庭先に来たアレックスは、急いで手紙の封を開ける。その手紙に視線を落とした瞬間、アレックスは目を見開いた。

貴族としてはあり得ない文字が連なる手紙。ない力を振り絞って書いたように震えた文字は、懸命にアレックスに伝えようという思いで溢れている。

それだけで、アレックスは胸が締めつけられるような痛みを覚えた。

しかし、慎重に手紙を読んでいたアレックスの表情は、次第に強張っていく。最後まで読み終わったアレックスは、瞳を閉じてしばし思案したあと、丁寧に手紙を胸元にしまった。

「……君には感謝してもしきれないな」

アレックスの呟きは、青い空の中に消えていった。

その足でアレックスの向かった先は、主であるジョイル殿下の執務室。

休憩中であるはずのアレックスの登場に、扉の前で警護していた同僚たちは声をかけようとする。

しかしアレックスの真剣な表情と、彼のまとうオーラから何かを悟り、すぐさま殿下に取り次ぐ。

許可が出て、アレックスが入室するまでの間、同僚たちとは言葉を交わすこともなく、目だけで礼を伝えた。

アレックスを迎え入れたジョイルは、長い付き合いであるアレックスの表情を見るや、何かを感じ取ったようであった。すぐに控えている側近に、外へ出るよう指示を出す。

「仕事の時以外で執務室に来るとは珍しいな、アレックス」

「今回は、あなた様の友人として参りました」

「……にしては、俺の近衛騎士という立場を利用してきたようだが」

「申し訳ありません。しかし、急用でございましたので」

友人として来たと言うわりには、普段よりも硬い表情のアレックスに、ジョイルはそれ以上突っ込むことをやめ、椅子から立ち上がる。そして、アレックスに机の前にあるソファに座るよう促す。

アレックスが礼を言い、ソファに座ると、ジョイルもテーブルを挟んで向かい側に腰を下ろした。

「それで、どうしたんだ？」

「まずはひとつ、お約束していただきたいのです」

「約束、だと？」

王族、ましてや第一王子であるジョイルに、約束しろなどと言ってくる者はそういない。

もちろんアレックスは、ジョイルにそんなことを言える立場でもないのだ。それでもあえて、アレックスは口に出した。

その意味をジョイルは推し量る。

「私があなた様に嘘《うそ》をつくことは一切ありませんが、信じていただけなくても怒りも嘆きもいたしません。ですが、これから私が話すことは、絶対に他言無用としていただきたいのです」

「慎重だな。まぁいい、わかった……約束しよう」

「ありがとうございます。では早速ですが、ジョイル殿下は予知夢を信じられますか？」

「よ、予知夢、だと⁉」

ジョイルは目を見開き、テーブルに乗り上げそうな程の勢いで身を乗り出す。

その食いつきように、アレックスは違和感を抱いた。

この世界に魔術を扱う者は、いるにはいるが、その数は極めて少なく、身近なものではない。それは王族であっても変わらないはずだ。

アレックスなど、本当に魔術がこの世に存在しているのか、疑っているほどである。

だからこそ、未来を見る予知夢など信じている者は稀《まれ》だろう。アレックス自身も、エリーゼがいなければ信じていなかった。

しかし、ジョイルの反応は疑ったりバカにしたりと否定的なものではなく、どこか嬉しそうにも見えたのである。

「何かご存知なのですか？」

「いや……予知夢か。まぁ、あるかもしれないとは思っている」

「そう、ですか。では話が早い。私の妻は予知夢を見ることができます」

「何⁉」

興奮したように声を張り上げたジョイルは、自身を落ち着かせようとゆっくり息を吐く。

明らかにおかしい態度に、殿下は何かを知っているとアレックスは確信した。

もう一度聞いてみるも、ジョイルに答える気はないらしい。

アレックスは話が進まないので、聞き出すことを諦めた。

「殿下の誕生祝いの日、殿下が何者かに命を狙われ、それを守るために私が命を落とすと妻が言うのです」

「お前が命を落とす？」

「はい。しかし、重要なのは私の命ではなく、殿下が狙われることにあります」

そのアレックスの言葉に、ジョイルは『お前の妻はお前の命を案じて伝えたのだろう』と内心呆れる。

「もはや中止にすることはできません。ですが先ほど、妻が詳細を手紙で教えてくれましたので、当日の相手の居場所は大方つかめます。あとは犯人を捕まえ、黒幕を突き止めるまでです」

「その情報は、信じられるのか？」

「最初に申しました通り、私は嘘をつきません。もちろん妻もです。しかし、信じるかどうかは殿下にお任せます」

アレックスの瞳に揺らぎはない。

妻への信頼を隠さない青い瞳に、ジョイルは困ったように笑い返した。あの女性を好んでいるようには見えなかったアレックスが、と思うと感慨深い。

「悪かった。信じるよ。なぁ、俺にもその手紙を見せてくれないか?」

「すぐに報告書にまとめますので」

「いや、手間だろう。俺も簡単に詳細を知りたいし、黒幕の目星をつけてしまいたい」

そのほうが早いだろう。そんな軽い気持ちでジョイルは言ったのだが、アレックスは胸元に手を押し当て、ゆっくりと首を横に振った。

「申し訳ございませんが、お見せできません」

「なぜ?」

「手紙を見せなければ信用できないというのなら、信じていただけなくても結構です」

アレックスは、せめてエリーゼの名誉だけでも守りたかった。

貴族にとって手紙とは相手の知性や品位を垣間見るひとつの手段。その点だけで見れば、このエリーゼの手紙はお世辞にもいいとは言えない。

けれど、他者にとっては目も当てられないような手紙でも、アレックスにとっては何よりも価値のある物だった。

一瞬表情を曇《くも》らせるも、すぐさまアレックスの瞳に力が戻る。ジョイルをまっすぐ見つめるアレックスの表情は、〝男〟そのものであった。

ジョイルは、今まで実力も地位も何もかも持っていながら、どこか危うく、宙に浮いているような存在だったアレックスが、地に足をつけた瞬間を見たような気がした。

「お前、手紙を守るために、友人として来たのか？　まあ、騎士として来たら情報元も証拠も経緯も、すべて明らかにしなくちゃいけないからな。俺が言った言葉に歯向かえないし」

「申し訳ございません」

「別に責めているわけじゃない。だが、ひとつだけ聞いていいか？　俺は貴族の娘に予知夢を見る者がいるという話を聞いたことがない。ということは、国に隠してきたのだろう？　それを俺に言ってよかったのか？」

予知夢の力を利用されることを恐れ、エリーゼやその両親たちが周りに隠してきたのだろうということは簡単に推測できた。

ならば、なぜ王族であるジョイルに伝えたのか。アレックスくらいの能力があれば、情報の出所くらい簡単にごまかせたはずだ。

「妻の手紙に記してあったのです。私が信頼を向ける殿下になら伝えていいと。大切な人には嘘をつかないでほしいと」

アレックスは言葉にしながら、ぐっと喉元に力を入れた。

【予知夢のことはジョイル殿下にお話しいただいてかまいません。アレックス様の信じる方ならば、私も信じます。ですから、大切な方に嘘をつくのはおやめください】

その言葉を読んだ時、自分はエリーゼの何を見てきたのだろう、とアレックスは思った。それと同時に、彼女の信頼を裏切れないとも。

「……アレックス。お前、いい嫁をもらったな。俺の誕生日以降でいいから、ぜひ会ってみたい。もちろんお前と一緒にな」

「ありがとうございます、殿下」

そこでやっとアレックスは、少し崩れた笑みを浮かべた。そして「すぐに報告書をあげます」と礼をして退室していく。

アレックスの背を見つめていたジョイルは、扉が閉まった瞬間、ため込んでいたものを吐き出すように、大きな息を吐くと背もたれに寄りかかった。

「……まさかアレックスの妻が予知夢姫だったとは。ってことは、アレックスが？　ああ、楽しみだ」

ジョイルは子供のような無邪気な笑みを浮かべるも、側近が扉を叩いた音に反応し、いつもの引きしまった表情に戻したのであった。

月明かりが窓から差し込む寝室で、エリーゼは一通の手紙を大切そうに胸に抱き、重たい身体をベッドに沈めていた。アレックスへ手紙を書いてからエリーゼは動くのもままならない状態になっている。

身体に走る痛みやだるさ、吐き気、頭痛、目眩《めまい》。すべてが体力の削られているエリーゼを襲う。それでも気が滅入らないのは、エリーゼの手元にあるアレックスからの手紙のおかげであった。

ジョイルの執務室をあとにしたアレックスは、すぐにエリーゼへの手紙をしたためていた。

その内容は、無事手紙を受け取ったこと、急いで連絡してくれたことへの感謝、すぐに対策を取るという報告が主であり、どこか報告書のような堅い文章だった。

しかし、最後のひと言がエリーゼの心を震わせた。

【本当に助かった。ありがとう。】

たくさんの女性を虜《とりこ》にしてきた男とは思えないような、飾り気のない言葉。

それでもそれが、アレックスの本心であると伝わってきて、胸が高鳴る。エリーゼは何度も何度も文字を追った。次第に霞《かす》んでいく文字に、愛しさすら湧いてきた。

黙って天井を見つめていたエリーゼの耳に、扉が開く音が届く。

ゆっくりと頭を動かした先で目に入ったのは、外出着姿のアレックスであった。

エリーゼは、ホッと安堵の息を吐く。

「おかえりなさいませ、アレックス様」

「あぁ。体調はどうだ？」

「そうですね……あまり自由は利きませんが、まだ大丈夫です」

ベッドのそばまで歩み寄ったアレックスは、エリーゼの言葉に眉をひそめた。『まさかまだ予知夢を見るつもりなのか』と言いたげな表情である。

「今日はともに寝る」

「いいえ、まだ二回もチャンスがあります。もっと詳しいことが、わかるかもしれません」

「決定的な現場を見たのだろう？」

「しかし――」

「ダメだ」

エリーゼの反論を、アレックスがひと言で払いのける。エリーゼを射抜くアレックスの眼差しには、譲るつもりはないという意思がはっきりと現れていた。

エリーゼは困惑したように、眉を下げる。

「これ以上、予知夢を見る必要などない。殿下の危険を知ることができたのだ。それで充分だろう」

「もちろん殿下のお命は大切です。危険を知ることができて、よかったと思っております」

「ならば――」

「しかし、私はあなた様の、アレックス様のお命を救うために、予知夢を見ているのですっ！」

アレックスは思わず息を呑む。細く小さな身体はもはや限界に達していると、ソルティアから聞いていた。

けれど、目の前には震える腕で身体を支えながら起き上がり、身を乗り出してまで懸命に訴えかけてくるエリーゼがいる。目元はわずかに濡《ぬ》れ、『どうしてわかってくれないの？』と全身で声をあげているようだ。

だが、エリーゼに自らの身体を支え続ける力など、残ってはいなかった。

「あっ」とこぼれ落ちる声とともに、エリーゼの身体はバランスを崩してベッドから滑り落ちそうになる。エリーゼは床に身体を打ちつけた時に走るであろう痛みに備え、ぐっと目をつぶる。しかし、エリーゼの想像する衝撃が襲ってくることはなかった。

「危なかった……」

エリーゼの頭上に掠れた声がかかる。

恐る恐る目を開けたエリーゼの目に飛び込んできたのは、至近距離にあるアレックスの顔であった。

相手の息を感じるほどの近さに、エリーゼの身体は一気に熱を帯びる。

「ア、アレックス、様」

「無茶をするからだ」

そう言いながら、アレックスは壊れ物を扱うように、優しくエリーゼをベッドに寝かせる。

そこで、エリーゼは先ほどのふたりの距離感の理由をやっと理解した。

アレックスは片足をベッドに乗せ、片手でエリーゼの上半身を受け止めたのである。力に歯向かうことなくエリーゼを受け止めてくれたおかげで、激しい痛みが襲ってくることもなかったようだ。

遅ればせながら、エリーゼの胸が悲鳴をあげるように暴れ始める。顔色を確認するために覗き込んできたアレックスの表情からは心配の色が見て取れ、その近さも相まってか、エリーゼの鼓動は速さを増していった。

　アレックス自身の身体を支えるために、エリーゼの顔のすぐ横に置かれた彼の手。それが目に入っただけで、力強く抱き止めてくれた先ほどの出来事を思い出し、エリーゼの顔は真っ赤に染まっていく。

　そんな彼女の動揺に気づいた様子もなく、アレックスはベッドに振動を与えないようゆっくり足を下ろした。

「やはり、今日はともに寝る」

「……はい」

　もはや、エリーゼに反論する気力は残っていなかった。ここまで迷惑をかけてしまっては強気に出ることもできない。

　シュンと落ち込んだ様子を見せるエリーゼに、なんと声をかけようか迷っているアレックスは、放っておくという選択肢をすでに持っていないことに気づかない。

「……気持ちは嬉しいが、無理はダメだ。苦しかったら我慢しない。それが条件だったはずだろう。今は身体をゆっくり休ませろ」

「はい。ありがとうございます」

「では、支度をしてくる」

アレックスは、そのまま自室に繫がるドアへ向かう。

それを見送ったエリーゼは、口元が少しずつ緩んでいくのを止めることができなかった。予知夢を見なくていいことに、喜んでいるわけじゃない。ただ、誰にも迷惑や心配をかけたくないはずなのに、アレックスが心配してそばにいることを選んでくれたことが嬉しかった。

両親のように、〝愛してる〟なんて言葉を囁き合うような関係でないことは、わかっている。それでも、エリーゼが結婚当初、密かに願っていた〝仲のいい関係になること〟には、近づけているのではないか。

もしかしたら、アレックスの自分に対する嫌悪感が薄れてきているのかもしれない、とそこまで考えてエリーゼは我に返る。

それはあまりにも夢を抱きすぎだ。

屋敷での居場所もでき、アレックスとの関係も改善されつつある。これ以上何を望むのか。予知夢を見なくて済むという恵まれた環境にいて、エリーゼは今までで一番幸せな日々を送れている。

それもこれもアレックスのおかげだ。しかし時々、不安は波のようにエリーゼを襲ってきた。その不安を運んでくるのも、またアレックスである。

彼が真実の愛を見つけ、愛する人を連れてきたら。エリーゼを邪魔だと思ったら。

この生活ができなくなるなんて理由ではなく、単純にそんな未来を受け入れたくなかった。エリーゼはアレックスが愛する人を見つけても祝福できる気がせず、アレックスの隣に自分ではない女性がいるのを想像しただけで、息が詰まりそうになる。結婚の際にした、彼に干渉しないという約束が、とても恐ろしいものに思えた。

それなのに、今回はアレックスがこの世からいなくなってしまうかもしれないのだ。もうアレックスのいない生活を想像することができないエリーゼには、絶望的な未来である。

アレックスを救いたいと思ったのは、本当は彼のためではなく自分のためだったのだとエリーゼは気づいた。自分はなんておぞましい人間なのか。

アレックスからの手紙の最後の文に、エリーゼは喜ぶと同時に、『こんな邪心ある自分へ感謝する必要などない』と思った。

「どうした?」

支度を済ませていつの間にか寝室に入ってきたアレックスは、おぼろげに天井を見つめるエリーゼに、心配そうに言葉を投げかける。

その声でアレックスの存在に気づいたエリーゼは、小さく首を横に振り、力なく微笑み返した。

どこかに消えてしまいそうな、儚く弱々しいエリーゼの姿を見たアレックスは、思わずエリーゼの蜂蜜色の髪をひと撫でする。

エリーゼの存在を確かめるような優しい手つきに、彼女は固まってしまい、顔を真っ赤に染めた。

エリーゼの様子を見て我に返ったアレックスが慌てて手を引くも、見つめ合ったままのふたりの間に、なんとも言えない沈黙が流れる。

それを破ったのは、エリーゼの小さな呟きだった。

「本当にアレックス様はお優しいのですね。こんなにも迷惑を……」

「急にどうした？」

「いいえ、なんでもないのです。それよりもお疲れでしょうから、早くお休みにならなくては」

エリーゼはこぼれ落ちそうになった本音をごまかすように、横になるようアレックスに声をかけた。

必ずしも求める予知夢を見られるとは限らないのに、それでも見ようとするのは恐ろしい未来を回避したいというエリーゼの我がままだ。そのせいでひとりでは何もできず、皆に迷惑をかけ、アレックスにまで気を遣わせている。

優しくされればされるほど、エリーゼはいたたまれなくなった。

一方、エリーゼに促されたアレックスは、顔を伏せたまま動こうとしない。

エリーゼは怒らせてしまったのかと心配になり、恐る恐るもう一度アレックスの名を呼ぶ。

すると、エリーゼの声に反応するように、アレックスがベッドへと入ってきた。

前髪に隠れているせいで表情が読めない。どうすればよいのかわからず、エリーゼは明かりを消すアレックスの背中を黙って見つめる。

闇に染まった部屋の中、わずかに伝わってくるマットの振動からアレックスの存在を感じていたエリーゼは、はっと息を呑んだ。

カーテンの隙間から微かに漏れる月明かりが、アレックスの持つ色気を引き立たせるかのように藤色の髪を鮮やかに照らし、夜着から覗く胸元を浮かび上がらせる。

そして、光を集めて輝きを増す宝石のような青い瞳が、まっすぐエリーゼへと向けられていた。

エリーゼの心臓がドクリと大きな音をたてる。いつもは広く感じるベッドが、今はとても小さく思えた。それほどまでに、アレックスを近く感じるのだ。

「……俺は、迷惑だと思っていない」

「え？」

エリーゼは突然の言葉に、動揺を隠すことができなかった。

「俺の心配をしてくれたことも……嬉しく思っている」

「アレックス、様」

「だから、気にするな」

予知夢のせいで、エリーゼは自分が自由に動けないことを気にしているのだろう……そう考えたアレックスなりの励ましの言葉だった。それは甘さに欠けるものの、エリーゼの心を温めた。

エリーゼの後ろめたさも、勝手な不安も、何も知らないけれど、純粋にエリーゼを励まそうとするアレックスの気持ちに触れただけで、目頭が熱くなる。こらえようと目を伏せたエリーゼの額に温かい物が優しく触れた。

前髪をさらうように、そっと額を撫でてくれる彼の指先がとても心地よく、エリーゼは恥ずかしさも忘れて目を閉じる。

「今日は安心して眠れ……おやすみ」

「……ありがとう、ございます。おやすみなさい」

エリーゼの湿った声にアレックスは気づかぬフリをして、もう一度額を撫でた。もはやエリーゼにかけるべき言葉が思いつかなかったからだ。

『今まで、あんなにも女性の喜ぶ言葉を吐いてきたというのに』と、アレックスが心の中で嘆いていたことを、エリーゼが知る由もない。

ふたりが離れたのは、たったの一夜だけだというのに、今までよりもお互いの存在を強く感じる夜であった。

交差する想い

エリーゼが朝目覚めた時、隣にアレックスの姿はなかった。

ソルティアに聞けば、朝早くに仕事へ向かったそうだ。昨日はエリーゼを気遣って早く帰ってきてくれたのかもしれない。エリーゼから情報を得たアレックスは、対策を取るのに忙しいだろうから。

エリーゼは、心の中で改めてアレックスに感謝した。

「お身体の調子はいかがですか？」

「アレックス様のおかげで、だいぶいいです。心配ばかりかけてすみません、ソルティアさん」

「お気になさらないでください。どんなことだろうと奥様たちに何かあれば、わたくしたちは、心配してしまう性分なのですから」

「ありがとうございます」

予知夢を見なかったことで、エリーゼは昨日よりも顔色がよかった。

ソルティアはエリーゼの身支度を手伝いながら、アレックスを送り出す際のやり取りを思い出していた。

今朝、太陽よりも早く起きたアレックスを、ペイソンとソルティアだけが見送った。昨夜のうちに、朝早く仕事へ向かうことを伝えられていたからだ。

馬車に乗る前、アレックスはふたりのほうを振り返ると、ある頼み事を口にした。

『今夜は、真夜中までに帰れそうにない』

『そんな！　それでは』

『ソルティアの言いたいことはわかっている。なるべく早く帰ってこられるようにはするが、正直、間に合わないだろう』

険しい顔で話すアレックスに、ソルティアはそれ以上言葉を挟まなかった。いや、挟めなかった。自分自身を責めているような主人を、これ以上、悩ませる言葉など発してはいけないと思ったのだ。

隣に立つペイソンは、黙ってアレックスを見つめている。

そんなふたりの視線をまっすぐ受け止めたアレックスは、意を決したように口を開いた。

『だから、もし彼女が真夜中に眠りそうになった時は、必ず止めてくれ』

アレックスは夫婦の寝室がある二階へ視線を向け、小さく息を吐くと、再びペイソンとソルティアのもとへ戻ってきた。誰にとも言えない信頼を、その澄んだ青い瞳に宿しながら。

『もう充分だ。だから、もうこれ以上、無理はさせられない』

『かしこまりました』

初めて口を開いたペイソンの言葉は、〝承諾した〟という返事だけだった。主人が苦しんでいても、本人たちが相談してくれなければ何も聞けない。だからこそ、主人からの頼みは可能な限り聞き入れる。

その絶対的な信頼を感じ取り、アレックスは眉を情けなく下げた。

『いつも我がままばかりですまない』

『慣れております』

『そうですわね』

『そうか。では頼んだ』

アレックスは、ふたりの頼もしい言葉に苦笑いを浮かべ、馬車に乗り込んだ。

そんなアレックスを見送りながら、ペイソンとソルティアは言葉を交わす。

『初めてアレックス様の口から、奥様のことを頼まれたな』

『あら、わたくしも同じことを考えていたわ』

ソルティアは、ふっと小さく笑みをこぼす。

つられたように口元を緩めたペイソンと顔を見合わせて頷き合うと、ふたりは屋敷へと入っていった。


きっとアレックスもエリーゼも、何か大きなことを抱えているのだろう、とソルティアは思っている。そして、それがふたりに大きく関わるということも、使用人である自分たちに心配をかけまいと黙っていることも、理解していた。

だから口出ししてはいけない。そうわかってはいても――。

「何かあれば、いつでもご相談くださいね」

エリーゼの身支度を手伝い、朝食を取りに行くため部屋を出ようとしたソルティアは、扉の前で声をかける。

その言葉を拾ったエリーゼは、「ありがとうございます、ソルティアさん」と満面の笑みを返したのであった。

朝食の際、ソルティアはエリーゼに、アレックスの帰りが遅くなることを告げる。

聞いたエリーゼは一瞬表情を強張らせたものの、笑みを浮かべ「そうですか」と頷いた。

その様子に、ソルティアはホッと胸を撫で下ろす。

だが、平然と振る舞ったエリーゼの心は複雑に揺れていた。

夜に会えないということは、昨夜が運命の日を迎えるにあたり、アレックスと会える最後だったのかもしれない。明日の朝もアレックスとは会えないだろう。ということは、エリーゼの予知夢で見た未来が回避されない限り、アレックスに会うことはできない。

そう考えるだけでエリーゼの胸は苦しいくらい締めつけられ、身体が重たくなっていった。

ベッドに横になっても、本を読んでも、何をしても頭の中はアレックスのことばかり。昨日も予知夢を見ていれば、もっと何か情報を得られたのではないか。昨夜がアレックスと過ごす、最後の夜になってしまったら……。

エリーゼの頭に、悪い考えばかりが浮かんでいく。

「どうか明日、無事にアレックス様が帰ってきてくれますように」

昼寝をしたら予知夢を見られるかもしれないと思いつつも、甲斐甲斐しく面倒を見てくれるソルティアがそばにいたため、エリーゼは何もできないまま夜を迎えた。

自分が眠らないようソルティアが気にかけてくれているのだと、エリーゼは察した。そして申し訳ないと思いつつ、ソルティアに、寝室を出る必要がある簡単な頼み事をする。

それはすぐに戻ってこれるようなものだったからか、ソルティアは疑う様子もなく寝室をあとにした。

扉が閉まった瞬間、エリーゼは隠し持っていた小瓶《こびん》を布団の中から取り出した。ロゼッタに頼み込んで、用意してもらった睡眠導入剤である。初めてということもあり、ごく少量にしたとロゼッタは言っていたが、真夜中までに寝つければ充分だ。

これならば、ソルティアが起こそうとしても、目覚めることはないだろう。

心配してくれる人たちの気持ちを踏みにじるのは心苦しいが、エリーゼはできることがあるにもかかわらず、アレックスにすべてを委《ゆだ》ねることができなかった。アレックスが運命と戦うのなら、少しでも手助けしたい。たとえ、皆の気持ちを裏切ることになってもだ。

エリーゼは強い意志を持ち、最後の予知夢を見るために目を閉じた。

それから数刻経った頃、エリーゼがいる寝室の扉が勢いよく開かれた。

駆け込んできたのは、肩で息をするアレックスである。

エリーゼは額に汗を滲ませ、顔を歪めて眠っている。

「どうしてこんなことに……おい！　起きるんだ‼」

アレックスがエリーゼの肩を必死に揺すってみても、彼女が起きる気配はない。

アレックスは、思わず舌打ちしたくなった。

ペイソンから連絡を受けた時の衝撃を、アレックスは忘れない。脳裏に浮かんだエリーゼの苦しむ姿に、今にも城を飛び出したい思いだったが、暗殺への対策に追われてなかなか抜け出せず、隙を見つけてやっと馬で駆けてきたのだ。

アレックスはエリーゼの顔に貼りついている蜂蜜色の髪を、そっと手で丁寧に払いのける。

「あれほど無理をするなと言ったのに……俺は朝早く出なければいけないから、朝も会えないと、君ならわかったはずだろう。予知夢で得てくれた情報を、俺は聞いてやれないんだ」

苦しげな声をこぼしたアレックスは、かけ布団を整えるとエリーゼに背を向けて、ドアへと向かう。

本当ならばつき添ってやりたいが、その選択はエリーゼの想いを踏みにじることになると、アレックスはわかっていた。部屋を出る直前、アレックスは立ち止まると、振り返ることなく口を開く。

「必ず帰ってくる」

エリーゼに告げたのか、自分に言い聞かせたのか。小さな囁きは、静寂に包まれる部屋の中に消えていった。

そして、ルーズベルト伯爵家は、いつもと変わらぬ朝を迎える――はずだった。

「馬車を！　馬車を用意して！」

「お、奥様⁉」

「お願い！　早く、早く馬車を！」

「何を言っているのですか。まずはそのお身体を医師に――」

「お願い！　アレックス様が」

目覚めたばかりのエリーゼは、痛みでふらつく身体を必死に支えながら起き上がり、悲痛な叫び声をあげる。

慌てて駆けつけたソルティアに鬼気迫る様子で懇願するエリーゼの声が、屋敷中に響き渡った。

運命の舞台が幕を開ける

雲ひとつない青空。賑わいを見せる城下。笑みを浮かべる国民たち。

すべてがローゼリア王国の第一王子、ジョイルの誕生日をお祝いしている。

そんなお祝いムード一色のローゼリア王国の王宮内を颯爽と歩くのは、細部までこだわった王族の正装服を身にまとい、艶やかな銀髪に藍色の瞳を持つ凛々《りり》しくも勇ましい男と、藤色の髪がよく映える白い騎士服をまとった碧眼の美しい男であった。

両親である国王と王妃に祝いの言葉をもらい受けたジョイルは、国民たちの待つ王宮のバルコニーへ向かっていた。

もちろん、その背後にはジョイルの近衛騎士として、アレックスが付き従っている。

「いよいよ、か」

「ご心配はいりません、ジョイル殿下」

誕生日を迎えたとは思えない、重い声を発したジョイルを気遣うように、アレックスはあえて明るい声で返事をする。

実際、アレックスはエリーゼのことを伏せたまま、信頼できる者にだけ暗殺計画があることを伝え、秘密裏に動きだしていた。

黒幕がはっきりしていないうえ、敵味方が把握しきれていないため、大っぴらにすることができない。しかも動ける日が二日しかないこともあり、暗殺の事前阻止まではできないが、できる範囲の対策は取れたはずだとアレックスは思っている。

「今回信頼していいのは、俺の近衛騎士とフィリクス騎士団長が信頼していいと判断した、騎士数人だけか」

「暗殺関係者との繋がりがある騎士や貴族を調べるには、時間が足りませんでしたから仕方がありません。少ない人数だろうと、殿下を守りきってみせます」

「少ないとは思っていない。それだけ王宮、いや国内が不安定だということだ」

「この国のためにも、必ず殿下をお守りしなくてはいけませんね」

ジョイルが振り返ると、そこには真剣な表情のアレックスがいた。

ジョイルは思わず口元を緩める。

「その素直でまっすぐなところは、昔から変わらないな、アレックス」

「きゅ、急になんですか」

「いや、学生時代のことを少し思い出しただけだ」

ジョイルがアレックスと出会ったのは、貴族の子供が通う学院に通っていた頃。

第二王子である、腹違いで同い年の弟バルトとどちらが王としてふさわしいか比べられる日々を送っていたジョイルは、常に人を疑いながら生活していた。

バルトが王になるつもりはないと公言していることもあり、表向きはジョイルが次期国王だと言われていたが、幼い頃から命を狙われ、媚《こび》を売られ、値踏みされる。

そうした日々を送っていれば、疑《うたぐ》り深くもなるだろう。

そんなジョイルの懐に、簡単に飛び込んできたのがアレックスだった。

人に警戒心を抱かせない甘い顔立ち。物怖じしないまっすぐな心。思ったことが顔に出やすい素直な性格。

わかりやすい男、それがアレックスに対して抱いた第一印象である。

そんなアレックスと打ち解けるのに、時間はかからなかった。剣術の訓練ではアレックスのほうが腕が立つというのに、ジョイルに手加減することもなく打ち込んでくるし、間違っていることは指摘してくる。

時にはバカなことを一緒にしたり、お互いの話をしたり、国への思いを語ったり。

いつの間にかアレックスは、ジョイルにとって数少ない心許せる友人となっていた。

「学院を卒業してから、お前は少し変わった。ポーカーフェイスがうまくなったし、女性を追いかけ回すし」

「はははっ……まぁ、いいところは変わっていないがな。だが、正直心配していたんだ。あんなに素直だったお前が、自分の心を押し殺しているんじゃないかと」

アレックスは、弱りきった表情を浮かべる。

そんな彼を見て、ジョイルはふっと小さく笑い、アレックスに背を向けて再び歩き始めた。

「でも今のお前は、少し昔に戻っている気がする。表情が戻ってきたと言えばいいのか。それもこれも、奥さんのおかげかな?」

「殿下」

アレックスは、からかうジョイルをたしなめる。

そんな彼からの呼びかけを、ジョイルは笑って流す。

「学院を卒業する時に、お前が言った言葉を覚えているか？　俺が王太子となり次期国王の座を約束されるまで、俺の命を守る盾になる。国の繁栄を願う俺の夢を、ともに守ると」

「はい、申しました。今も、その気持ちは変わりません」

アレックスも、ジョイルのことは王子であると同時に、大切な友人だと思っている。

そんなジョイルの夢を叶える手伝いをしたくて、叔父のベネリスたちに無理なお願いをして近衛騎士となったのだ。

「なぁ、アレックス」

バルコニーの入口に辿り着いたジョイルは一度立ち止まり、アレックスへと顔を向けた。

バルコニーの下にはジョイルをひと目見ようと、多くの国民が集まっている。

その賑わいによって、ジョイルの声が届いたのは、近くにいるアレックスのみであった。

「今日が終わる頃には、すべてが解決するかもしれない」

「そうですね。犯人、もしくは黒幕を捕らえられれば、後継者争いも終わりになるでしょう。陛下もジョイル殿下の誕生日を機に、王太子とお認めになるやもしれません」

「ということは、お前との約束が終わる日も近いということだな」

アレックスは言葉を詰まらせた。

一方、ジョイルは晴れやかな笑みを浮かべている。

「俺はそれでいいと思っているんだ」

「殿下？」

「俺はお前が俺を守って死ぬと聞かされて、いつかそんな日が来るかもしれないと思いながらも、考えないようにしてきたことに気づいた。それで、はっきりわかったんだ。アレックス、お前は俺にとって特別なんだよ。お前は臣下である前に、俺の大切な友人なんだ」

アレックスは驚いたように目を見開くも、いつもの甘い笑みとは違う不格好な笑顔を浮かべた。

その表情を見たジョイルは、本当に言いたかったことが伝わったと判断したのか小さく頷き、バルコニーのほうへと向き直る。

「お前は最高の友だ、アレックス。これからも友として俺を助けてくれよ」

「もちろんだ、ジョイル。必ずお前を助けるさ、友としてな」

「その言葉忘れるなよ。俺の夢が実現するのを、特等席で見せてやるからな！」

アレックスは学生時代に交わした言葉を思い出しながら、ジョイルの言葉を噛みしめる。

〝死ぬな〟と言われるよりも重く。〝生きろ〟と言われるよりも温かい。強く生へと縛りつける未来への約束。

「では、これからは特等席で見せてもらいますからね」

「あぁ。そうそう、ただの友人となったお前に、伝えたいことがあるんだ。楽しみにしとけ」

「わかりました」

太陽の光を受けて、より輝きを増した銀色の髪をなびかせ、ジョイルは国民の待つバルコニーへと歩を進める。

そのあとを追うように、アレックスもまた予知夢の舞台へと足を踏み入れた。

刻々と時は刻まれ、未来は確実に近づいてくる。

必ず生きて明日を迎える。そう決意を固め、エリーゼが予知夢で見た未来に立ち向かおうとするふたりは知らない。エリーゼが最後に見た予知夢の内容を——。


ジョイルがバルコニーの縁に立った瞬間、その場は大きな歓声に包まれた。祝いの言葉が端々で飛び交い、いくつもの手が振り乱れる。

そんな光景を、ジョイルの背後から見ているアレックスの表情は険しかった。

溢れんばかりの人で埋《う》め尽くされたバルコニーの下を、アレックスは気づかれないよう意識しながら何ヶ所か確認する。その中に知っている顔を数人確認したアレックスは、小さく息を吐いた。

エリーゼの手紙に書かれていた暗殺の内容。それはジョイルを毒のついた矢で射抜くという単純なものであった。いや、エリーゼのように戦闘や武器の知識がない者にとっては、単純などとは口が裂けても言えないだろう。

だが、幾多の暗殺計画を乗り越えてきたアレックスたちにとっては、毒矢からジョイルを守りさえすればいいという、単純明快なものだ。

ただ問題なのは、暗殺実行犯が民衆の中に紛れているということである。下手に人質などを取られた場合には、民衆を危険に晒《さら》すことになり、人質を見捨てれば、ジョイルはたちまち民を見捨てた王子になってしまう。

ジョイルがいかに民思いか知っているアレックスにとっては、なんとか避けたい事柄だ。

エリーゼの予知夢でアレックスが矢をしのげていたのは、見えていたからではなく、感覚と経験のみで反応したに過ぎない。騎士の誰もができるような技ではないのだ。

しかし、今回はエリーゼのおかげで、事前に知ることができた。暗殺内容まで細かく把握できれば、格段に対応しやすくなる。

「アレックス、見つけたか?」

「もちろんです」

国民に笑みを向けたままジョイルが小声で問いかけ、アレックスは小さく頷く。アレックスの目の前にいる大勢の国民。その中に、この場にはふさわしくない物を持った男が数名交ざっていた。

けれどバルコニーを見上げている国民たちは、ジョイルに夢中で気がついていない。本来ならば、この場で取り押さえたいところだが、ジョイルを狙っていると知っているのは、予知夢の内容を知るアレックスたちだけ。暗殺を企てる証拠をつかめていない今、何もしていない者を捕まえても暗殺者として裁けない。

結果、ジョイルの護衛強化と、国民たちの中に私服の騎士を紛れ込ませ、男たちをすぐに捕らえられるようにするしか方法はなかった。

そして、運命の時は来た。

男のひとりが矢をかまえる。

それを目の端で捕らえたアレックスは、瞬時にジョイルの前へと走り込んだ。

矢が飛び出すのと、アレックスが剣を抜いたのは、ほぼ同時。

無駄のない動きで抜き出された剣は、迷うことなく矢へと振り下ろされた。あとを追うように次々と飛んでくる矢をアレックスはひとりでさばいていく。来るとわかっている矢など、アレックスにとっては害にもならない。

それは一瞬のことであったが、まるで舞を踊るかのように汗ひとつ流さず剣を振る姿は、勇ましく美しい。近くにいた近衛騎士に避難を誘導されていたジョイルや、国民たちが見とれてしまうほどの剣技であった。

しかし、その剣舞はすぐに幕を閉じる。

民衆に紛れて見張っていた私服騎士たちが、矢を放った男たちを次々と捕らえていったからだ。

ようやく状況を理解した国民たちは、捕らえられていく男たちを悲鳴をあげる間もなく見ることになった。

アレックスは会場を見渡し、足元に落ちるいくつもの矢に目を落とす。そして、一度自分の身体を確認すると、ふぅと軽く息を吐き、ジョイルのもとへと駆けだした。

安全を確認した部屋に避難していたジョイルは、どこにも怪我《けが》をしていないアレックスを確認すると、安堵の息を吐く。

「よくやったな」

「ご無事で何よりです」

「お前もな」

ジョイルの言葉にアレックスは口元を一瞬緩めるも、すぐに表情を引きしめる。そして、ジョイルの周りに立つ近衛騎士たちに視線を向けた。

「これで終わりかどうかはわからない。気を引きしめていこう」

強く頷く同僚たちを頼もしく思いながら、アレックスは考える。

無事、エリーゼの見た予知夢を回避することはできた。簡単に乗り切れたようにも思えるが、これもすべてエリーゼからの情報があったおかげである。

本来なら、この時点でアレックスは命を落としていた。その未来が変わったのだ。

しかし、『まだ安心してはいけない』と、アレックスの勘が訴えていた。

「このあと、貴族との昼食会がございますが、いかがなさいますか？　暗殺が実行されたのですから、控えられますか？」

「そうはいかないだろう。今回は私が主役なのだから。まだ黒幕がはっきりしていない中で出るのは危険だろうが、欠席すれば『暗殺に怯えている』『屈している』などと言われるのがオチだ」

確かに第二王子派から酷評されるだろう。もしかしたら、『そんな弱腰の者に王はふさわしくない』だの、言いたい放題になるかもしれない。

アレックスは考えるだけで腹が立ち、落ち着こうと深呼吸をする。

「わかりました。その代わり、昼食会では護衛をつけさせていただきます。陛下に許可をいただきますので、よろしいですね？」

「あぁ、わかった。だが護衛はひとりだ。両陛下も出席する場で、私だけが複数の護衛を引き連れていては示しがつかん。それに、出席者の恐怖心も煽《あお》るだろう」

「……かしこまりました」

「悪いな、アレックス」

渋々といった表情で受け入れたアレックスに、ジョイルは困った表情を浮かべた。

決して自分や騎士たちを危険に晒したいわけではないが、王族として譲れないものもある。主として友として、自分を守りたいと思ってくれているアレックスには申し訳ないが、王になり、皆を引っ張る立場になりたいのなら、挑まねばいけない時もある、とジョイルは考えていた。

こうして、ジョイルはアレックスを護衛につけ、昼食会に参加することになった。


昼食会は、王宮にある美しい花々に囲まれた庭で行われる。

色とりどりの花に囲まれた庭の中に、大きく長い真っ白なテーブルと椅子が置かれ、テーブルの上も花で華やかに飾られている。端から端までお祝いの雰囲気で染められた会場ではあるが、わずかに緊張感があった。

それもそうだろう。つい先ほど本日の主役であり、第一王子のジョイルが暗殺されかけたのだから。

しかし、そこは表情筋の鍛えられた貴族たちである。どこか緊張しつつも、笑顔を絶やさず話を弾《はず》ませている。会場に入ったジョイルは先に会場へ来ていた第二王子のバルトと挨拶を交わしながら、その光景を眺めて感心していた。

しかし、感心していたのも束の間、主役の登場に談笑していた貴族たちが気づき、ジョイルに挨拶をするため集まってきた。

邪魔にならないようにと、バルトがジョイルから離れる。

昼食会の参加者は夜会と違い、王国内で地位のある者だけが集められている。

そのためジョイル派、バルト派、中立派、はっきり示していない者、様々な立場の者がおり、アレックスは注意しなければと神経を尖らせた。その時――。

「よけて！」

女性特有の高い声が、会場に響き渡る。

その声を聞いた瞬間、アレックスは考えるよりも先に身体が動いていた。ジョイルを周りから隠すように腕を引っ張り、アレックスの後ろに隠す。同時に剣を抜いたアレックスは、反射的に剣を振った。

ガサッと足元に落ちたのは、折れた三本の矢。矢の先には見ただけで確認できるほど、べっとりと大量の毒が塗られている。掠っただけで動けなくなる量だ。

「襲撃っ‼」

アレックスの叫びに反応し、会場の外で待機していた騎士たちが会場内へと雪崩《なだ》れ込んでくる。

従者や給仕係に扮した暗殺者たちが剣を抜き、辺りは一気に殺伐とした空気に包まれた。貴族たちの悲鳴や叫び声が響き渡り、騎士や敵の怒号が飛び交う。

ジョイルを背に守りながら、向かってくる敵相手に剣を振るっていたアレックスの目は、何かを探すようにせわしなく動いていた。

「アレックス！」

「殿下の避難を頼む！」

「わかった」

アレックスは、駆けつけた同僚たちにジョイルの避難誘導を託し、安全な道を確保するため敵と対峙していた。

その視界の端に、蜂蜜色が映り込む。

会場の入口付近にいたのは、自力で立つこともままならないのか、ペイソンに身体を預けてなんとか立っているエリーゼだった。彼女は、周囲を気にしながらも、まっすぐアレックスを見つめていた。

やはりいたか、とアレックスは思う。アレックスが聞いたのは、ここにいるはずがないけれど、毎日耳にしていたため、もはや聞き間違えることのない声だった。

『こんな危険な所になぜ来た』と叱《しか》ってやりたいが、理由が容易に想像できて、アレックスはうまく気持ちの処理が行えず、わずかに眉をひそめる。

「早く逃げろ」

アレックスの懇願に近い呟きは、剣のぶつかり合う音でかき消された。

その時、逃げ惑って出入口に溢れかえっていた貴族のひとりが、エリーゼに思い切りぶつかった。

バランスを崩したエリーゼが前方へと倒れていく。

ペイソンが懸命に踏ん張るが、思いもよらない方向からの突然の衝撃に耐え得ることができず、エリーゼとペイソンは、騎士と暗殺者が戦闘を繰り広げる場所へと転がり出てしまった。

「邪魔だぁぁああ」

感情の高ぶった暗殺者が、視界に飛び込んできたエリーゼたちに叫んだ。

咄嗟にエリーゼを守ろうと、彼女に覆いかぶさるペイソン。

そんなふたりに、暗殺者は容赦なく刃を向ける。

その光景を目にした瞬間、アレックスは対峙していた敵を無視し、駆けだしていた。

どんな時でも冷静沈着で、優秀な騎士と言われてきたアレックスにとっては、考えられない行動だ。

キンッと甲高い音が耳に届き、エリーゼとペイソンは顔を上げる。

ふたりの目に映り込んだのは、白い騎士服をまとった大きな背中。しかしそれは、返り血で所々赤黒く変色していた。

「……俺が見つけた、守るべきものに手を出すな」

普段聞くことのない、ドスの利いた声に、エリーゼは心臓が止まりそうになった。

真横から走り込んできたアレックスに、剣を弾《はじ》き飛ばされた暗殺者は、懐から短刀を取り出そうとする。しかし、アレックスがその隙を見逃すはずもなく、剣で阻止され、勢いよく蹴り飛ばされると、倒れたままピクリともしなくなった。

それと時を同じくして、応援に駆けつけた騎士たちが会場内に走り込んでくる。

次々と捕縛されていく暗殺者の中には、先ほどアレックスが倒した者も、含まれていた。

それを見届けたアレックスはエリーゼたちへと振り返り、立つことができないエリーゼと視線を合わせるように、片膝をついた。

「大丈夫か？」

「は、はい」

「そうか。ならいい」

そう言って目を細めたアレックスの伸ばした手が、エリーゼに届くことはなかった。

咄嗟に差し出したエリーゼの手が間に合うこともなく、無情にもエリーゼの目の前で、アレックスがゆっくりと崩れるように倒れていく。

「ア、アレックス、様？　アレックス様！」

エリーゼの悲痛な叫び声が、騒々しい会場内に響き渡った。

変わる未来

柔らかく暖かい、どこか現実とはかけ離れた感覚の中にいたエリーゼは、ゆっくりと瞼を開ける。

次第に見えてきた物は、見たことのない豪華な天井であった。

「ここ、は……」

自分のものとは思えない、掠れた声が出る。

「奥様っ！　目を覚まされましたか？」

エリーゼの視界に飛び込んできたのは、ひどく疲れた表情のソルティアだった。

ソルティアの言葉で、自分がベッドに寝かされていると気づいた刹那、エリーゼは受け入れがたい出来事を思い出す。

目の前で崩れ落ちるように倒れていった、アレックス。

それは、エリーゼを絶望のどん底へ突き落とす光景だった。なぜなら、せっかく予知夢を見られる立場にもかかわらず、悪い未来を変えられなかったからだ。

「アレックス様は？　アレックス様の所へ行かなくては！」

「落ち着いてくださいませ、奥様！」

「でも！」

「アレックス様にはペイソンがついております。ここは王宮の中にあるお部屋です。奥様は倒れられたのですよ？　覚えていらっしゃいますか？」

　あぁ、そういえばそうだった。

　エリーゼは、あの忌まわしい瞬間までのことを思い出す。


　エリーゼが昨晩見た予知夢は、今まで見ていた内容と異なっていた。

　バルコニーでジョイルを守り、命を落としたはずのアレックスは、今度は王宮内のどこかの庭で暗殺者の攻撃を受けたのだ。

　突如、暗殺者から放たれた二本の矢。

　ひとつは、ジョイルの前に走り込んだアレックスの剣で叩き折られたが、残り一本の矢がアレックスの脇腹を掠める。

　その後、従者や給仕に扮した暗殺者たちが、剣を手にジョイルを襲いに来るのだが、応戦していたアレックスは矢の毒が身体に回ったのか、突然地面に膝をついたのだ。

　ほかの騎士たちも駆けつけるが、アレックスはジョイルを守るため、毒の回った身体でも懸命に剣を振り、致命傷をいくつも受けてその場に倒れた。

朝、目が覚めた時、エリーゼはいても立ってもいられなかった。

アレックスがバルコニーで命を落とすという未来は変えられたものの、彼はそのあとに結局、別の場所で亡くなってしまう。

このまま屋敷にいても、アレックスに伝える手立てはないと思った時、エリーゼは自ら動くことを選んだ。決して死なせはしない。いや、アレックスを失いたくない。

医者に安静にしろと言われながら、予知夢を見続けたエリーゼの身体は、すでに限界に近かった。支えがなければ立ってもいられず、足を踏み出すだけで全身に雷が落ちたような痛みを感じる。

それでも、エリーゼに迷いはなかった。寝室にソルティアとペイソンを呼んだエリーゼは、今まで見た予知夢のことを包み隠さず話した。

今日はジョイル殿下の誕生日だから、普段と違って招待客以外は、王宮には入れないだろう。

だが、行かなくてはならない。そのためには、ふたりに協力してもらわなければ、どうすることもできなかった。

話を聞いたふたりは顔面蒼白《そうはく》になりながらも、エリーゼの願いを叶えるため、そしてアレックスを助けるためにすぐに動き始める。

ふたりは決して、エリーゼに動いてはいけない、とは言わなかった。どんなにエリーゼが痛みに顔を歪めていようと、見ているほうもつらかろうと、そのエリーゼの強い意志をなんとか繋げてやりたいと思った。そしてひたすら、大切な主人たちのことだけを思い、行動していた。

ペイソンは急いで馬車の準備をする。もちろんエリーゼの痛みが少しでも軽減するようにと、クッションを多く積むことを忘れない。

一方ソルティアは、エリーゼの身支度を整えていた。極力刺激を与えないよう注意しながらも、手際よく行っていく。

屋敷で過ごすような格好ではなく、王宮に入ってもおかしくない程度には飾りつけなくてはいけない。なぜなら、これからエリーゼは招かれてもいない昼食会の会場に乗り込むのだから。

本来ならば、ジョイルが国民に姿を見せる段階で、王宮に辿り着くことが望ましいが、城下は国民皆で祝おうと大賑わいを見せている。

そんな中を馬車がかけるのだ。いつものようにスムーズにいくはずがない。

ましてや、招待客ではない貴族が王宮内に入りたいと言っても、厳重警備の今日、簡単には入れてくれないだろう。

だから、エリーゼたちは、昼食会までに王宮に入ることを目標に、準備を急いで済ませ、屋敷を出た。

案の定、道は人で溢れていてなかなか進めず、王宮に辿り着いても、夜会に一度しか出席しておらず、社交界でほとんど顔を知られていないエリーゼは、本当にルーズベルト伯爵夫人なのかと疑われる始末。

招待されていない以前の問題を突きつけられ、エリーゼは情けなくて泣きそうになった。

なんとかペイソンが持参した、ルーズベルト家の家紋を見せて、納得してもらったものの、貴族だからといって許可の得ていない者を入れることはできない、と王宮内に入れてもらえない。

エリーゼは耐えきれず、その場にくず折れて涙を流した。

こうしている間にも、アレックスが死んでしまうかもしれない。

そう思うだけで、胸が張り裂けそうなほど痛かった。怖くて仕方がない。あの悪夢のような未来が、恐ろしくてたまらない。

エリーゼは『罰《ばっ》せられてもかまいませんから、お願いいたします』と門番に頭を下げ続けた。全身を襲う痛みに意識が遠のきそうになるも、エリーゼは必死にこらえて懇願をやめなかった。

結局、門番はエリーゼの鬼気迫る姿に負けた。

もちろん花形の近衛騎士で、騎士たちの憧れでもあるアレックス・ルーズベルト伯爵の妻に、こんなことをさせていられないという理由もあった。しかし何よりも、涙を流し、貴族のプライドを捨てて頭を下げるエリーゼを、無碍にすることができなかったのだ。

エリーゼは門番に何度も感謝を告げ、ペイソンに支えられながら、昼食会場へ向かった。その際、エリーゼは、危険だから馬車にいるようなんとかソルティアを説得した。

頑なに拒否していたソルティアも、『これ以上、大切な人を危険な目に合わせたくないの』というエリーゼの言葉に折れるしかなかった。

エリーゼがペイソンに付き合わせることを詫《わ》びれば、ペイソンは『これほど名誉なことはございません』と優しげな笑顔を返してくれる。

その言葉に、エリーゼは再び目元を潤《うる》ませ、笑顔を返すことしかできなかった。

ペイソンと会場へ到着した時、エリーゼの目に飛び込んできたものは、予知夢と同じ光景だった。いや、正確には攻撃されるだろう瞬間であった。

駆けだしたくても身体は動かず、このままでは予知夢を見ている時と同じになってしまうと思った瞬間、エリーゼは今まで出したことのない大声を張り上げた。

『よけて！』

あの時は、アレックスが毒矢にさえ当たらなければ、救えると思っていた。だから、矢が飛んでくることを伝えたくて叫んだ。

それなのに、アレックスは倒れた。

予知夢の内容は回避できた。それでも、アレックスの未来は再び悪いものへと変わってしまった。エリーゼはアレックスを救えなかったのである。

アレックスの名を叫んでも、身体を揺すっても返事はなく、騎士服の腰辺りが鮮やかな赤に染まっていくのを、エリーゼは見ていることしかできない。

こんなはずじゃなかったのに。ただ生きていてほしいだけなのに。

溢れる気持ちがエリーゼの心をぐちゃぐちゃにし、身体の熱が急激に上がったように思えば、一気に気力までも吸い取るように、身体の先まで感覚がなくなっていく。

『あぁ……あぁ……』と意味のない言葉が漏れ、それとともに視界が霞んでいった。

アレックスが直前に見せた、安堵を含んだ優しい笑みが、エリーゼの頭から離れない。エリーゼが初めて見た、作りものではない、アレックス本来の笑顔だと思った。

それをもう見られないのだ。

そう思った瞬間、エリーゼは絶望の中に落ちていくように意識を手放した。


「アレックス様……私は、どうしたら」

「奥様、しっかりしてください。アレックス様は今、頑張っておられます」

「……どういうこと、ですか？」

「アレックス様はなぜか敵に背を向けたらしく、毒のついた剣で腰辺りを切られたようで、いまだに意識が戻らず重体ではありますが……」

「背中を向け……まさか」

アレックスがそんな動きをしたのは、自分を守るためではないか。すべて自分のせいだった、という恐ろしい事実に気づいたエリーゼは息を止めた。

「奥様？　しっかりなさってください。アレックス様は重体ではありますが、生きていらっしゃいます」

「……え？」

　魂が抜け落ちたようにさまよっていたエリーゼの瞳が、ソルティアに向けられる。

「懸命に闘っておられるのです。ですから、奥様が諦めてはいけません」

　ソルティアの言葉を理解した瞬間、エリーゼは嗚咽《おえつ》してしまうのを抑えられなかった。嬉しいのか怖いのか、それすらわからないほどに胸がいっぱいだった。

　いつからこんな泣き虫になったのだろうか。予知夢を見たあとの痛みに襲われた時も、役に立てない悔しさを感じた時も、自分が生きている未来を見出せなかった時も、泣くことなどなかったのに。

　アレックスと結婚してから、エリーゼは涙もろくなった気がした。

「……アレックス様に、会いたい」

「必ずお会いできます。しかし、奥様もお医者様から絶対安静だと言われておりますから、今は信じてお待ちください。わたくしたちにとっては、奥様も大切なお人なのですから」

「ソルティアさん」

「はい」

「ありがとうございます」

「はい」

ソルティアが、そっとエリーゼの目元を拭う。

本当に、自分は多くの人に支えられている。両親にも弟にも使用人たちにも、そしてアレックスにも。皆がいたから今の自分がある。

エリーゼは心から感謝し、アレックスに思いを馳《は》せた。

（アレックス様、信じております。どうか、私たちのもとに帰ってきてください）

窓の外はすでに日が沈み、星々が輝き始めている。

身体の状態を考えると、予知夢を見てこれ以上命を削ることは危険だ。

エリーゼは今日は眠らず、祈り続けようと決めた。

エリーゼが落ち着いた様子を見せると、ソルティアは飲み物と軽い食事をもらってくると言って部屋を出ていく。

それを見送ったエリーゼは窓の外を眺めながら、アレックスを想って瞳を閉じた。

――コンコン。

突然響いた扉を叩く音に、エリーゼはビクリと肩を揺らす。

ソルティアなら、声をかけて入ってくるはずだが、そんな様子はない。

――コンコン。

再び叩かれた扉に不信感を抱きつつも、エリーゼは「はい」と声を発した。

王宮でエリーゼに用事のある人とは誰だろうか。エリーゼの結婚を機に文官に戻った父親に、連絡がいったのだろうか。

そんなことを考えていたエリーゼは、扉の先から返ってきた声を聞いて、驚きのあまり言葉を失った。

「休んでいるところすまない。私はジョイル・アーロン・ローゼリア。少し話ができるだろうか？」

エリーゼは自分の耳を疑った。

今、扉の向こうに立つ人物は『ジョイル・アーロン・ローゼリア』と名乗りはしなかったか。エリーゼの知る同じ名前の人物など、ひとりしかいない。このローゼリア王国第一王子ジョイル殿下だ。

「は、はい！」

動揺のあまり声を裏返らせたエリーゼは、はたと気づく。

今の自分の姿は、王族に会えるような格好ではないじゃないかと。

意識のないエリーゼの身体に刺激を与えないため、着ていたドレスを緩めただけの状態だが、ソルティアがいない今、起き上がる手伝いをしてくれる人がおらず、ベッドに横になったまま出迎えなくてはいけない。

「失礼する」と声がかけられ、扉がゆっくり開かれていく。

申し訳なさそうな表情で扉から入ってきたのは、美しい銀髪に涼しげで鋭い藍色の瞳を持った貴公子。予知夢で何度も見た、ジョイル殿下本人であった。

「突然ですまない。あなたが目を覚まされたと聞いたから、やってきたのだ」

「こ、このような格好でのご挨拶、誠に申し訳ございません、ジョイル殿下」

「あぁ、いい。無理に動く必要はない。体調が優れぬ時に押しかけた私が悪いのだ。そのまま横になっていてくれ」

思い通りに動かない腕を、懸命に動かそうとしているエリーゼに、ジョイルが慌てたように言葉をかける。

申し訳なく思いながらも、エリーゼはその言葉に甘えさせてもらうことにした。

「お気遣いありがとうございます。また、勝手に昼食会に赴《おもむ》いてご迷惑をかけた私に、このようなお部屋までご用意いただき、侍女まで自由にさせていただいて、その寛大なお心に感謝いたします」

「いや、いいのだ。今回、あなたには大変世話になったからな。それより、侍女はいないのかな？」

「はい。今は飲み物を取りに行っておりますので」

「そうか。では出直したほうがよいかな」

そう言うと、ジョイルは入ってきたばかりの扉へと踵を返し、部屋をあとにしようとする。

そのことに焦ったのは、エリーゼであった。

寝たまま対応しているだけでも不敬に当たるというのに、再び王族に足を運んでいただくなど恐れ多い。

「だ、大丈夫です！　あ、いえ……殿下にそのようなご足労をおかけするわけには参りません。すぐに戻ってくるでしょうから、このような状態をお許しいただけるのでしたら、今お話いただいて結構でございます」

エリーゼの必死な訴えに、ジョイルは「いいのかい？」と一度確認を取り、ベッドの近くまでやってきた。

エリーゼはもはや緊張しすぎて、パニック寸前である。なんとか貴族らしく平静を装うので精一杯だ。

そんなエリーゼの内心を知ってか知らずか、ジョイルはわずかに眉に力を入れて険しい表情を浮かべると、勢いよくエリーゼに頭を下げた。

「申し訳ない」

「で、殿下⁉」

「アレックスを危険に晒したのは、私だ。あの時、やはり護衛をひとりにしなければ……」

「頭をお上げください。殿下は何も悪くありません」

「いいや、違う。あの状況で護衛を減らした私の責任だ。あなたはアレックスを救いたくて、命を削ってまでその力を使っていたのだろう？」

顔を上げたジョイルと目が合った瞬間、エリーゼは息を呑んだ。

ジョイルの視線はエリーゼを非難するようなものではなく、ただ確認しているだけのもの。

しかし、エリーゼはジョイルが自分のことを、どこまで知っているのか気になった。

アレックスは、エリーゼが予知夢を見られるということだけでなく、見ると命が削られることまでジョイルに伝えていたのだろうか。でも、その情報をジョイルに伝えてなんになる？　そんな意味のないことをするだろうか？

では、王宮医師のロゼッタから？　いや、あのロゼッタのことだ。たとえ王族から聞かれたとしても、口を割ることはないだろう。

「私はアレックスの身を案じる、あなたの素直な気持ちを好ましく思っていた。しかし、あなたの様子からして、無理して王宮まで来たのは、予知夢の内容が変わっていたからだろう？　そこまでして救いたいと思っていたアレックスを、結局私が危険に晒したのだ。本当に申し訳ない」

「い、いいえ、謝られる必要はないのです。本当に殿下は悪くありませんから。悪いのは私なのです」

護衛の数など関係ない。アレックスが怪我をしたのは間違いなく自分のせいだ。

そう心の中で自分を責めていたエリーゼに、ジョイルは心配そうな眼差しを向ける。

「それは少し違うと思うがな。ひとつ尋ねておきたいことがあるのだが、よいか？」

エリーゼは、ドクンと心臓が大きく跳ねたのがわかった。

ジョイルが先ほどまでの柔らかな雰囲気を消し、真剣な眼差しでエリーゼを射抜く。

ジョイルはアレックスにとって大切な主であり、友であり、信頼している人。

それを頭ではわかっているのに、予知夢のことを根掘り葉掘り聞かれるのでは……と思うと不安で、エリーゼの心臓はうるさいほど音をたてていた。

「あなたはアレックスと結婚して幸せか？　これからもずっと、アレックスと一緒に生きていきたいと思うか？」

「……え？」

エリーゼは驚きのあまり言葉を失う。

ジョイルが発した言葉の意味が、一瞬理解できなかった。しかし、次第に言葉の意味を察し、エリーゼの胸の中に怒りが湧いてきた。

なぜそんなことを今聞くのか。アレックス様が生死の境をさまよっているというのに。アレックス様と結婚して幸せか、ですって？

幸せに決まっている。言葉を交わすのは朝と夜だけ、それも挨拶程度。笑顔なんて見せてくれたこともない。

それでも、私はアレックス様に出会えたことで、人生が大きく変化した。予知夢を見るようになってからは、私を気遣ってくれた。

冷たい態度の裏にある優しさが、どれほど私の心を温めてくれたか。アレックス様が隣に寝ているだけで、どれほど安心するか。

アレックス様がいなくなったら、再び予知夢を見てしまうからなんて理由じゃない。私はただ、もっとアレックス様のことを知りたい。もっとお話をしたい。もっと笑顔を見たい。もっと一緒に未来を見てみたい。

怒りは悲しみへと変わり、エリーゼの頬をひと粒の雫《しずく》が滑り落ちる。

「……そばに、いたいんです」

絞り出されたエリーゼの言葉を耳にしたジョイルは、目を細めた。

「不躾《ぶしつけ》な質問をして悪かったね。でも、よかったよ」

「でん、か？」

エリーゼは、突然柔らかな雰囲気に戻ったジョイルに、戸惑いを見せる。何をしたかったのかがわからない。

しかし、ジョイルはどこか嬉しそうだった。

「泣かせてすまなかったね」

ジョイルはエリーゼに近づき、胸元から真っ白なハンカチを取り出した。

身体を動かせず、涙を拭くことすらできないエリーゼは、されるがままにジョイルに目元を拭われる。

その時、部屋の扉が音をたてて勢いよく開いた。

エリーゼは思わず小さな悲鳴をあげるも、すぐ横に立っているジョイルは驚く様子もなく扉のほうへと振り返った。

エリーゼと扉の間にジョイルがいるため、彼女には何が起こっているのかよく見えない。

誰が来たのか聞こうと口を開きかけたエリーゼは、ジョイルの言葉で固まった。

「起き上がれたとは驚きだな。王宮医師の治療は、そんなに優秀だったか？」

「私の妻の部屋で何をしているのでしょう、殿下」

聞いたこともない、地を這うような低い声が部屋に響く。

「うわ、すごい怒ってんな」というジョイルの素の言葉など、エリーゼの耳に入ることはない。

ただただ先ほど聞こえてきた声に、エリーゼは心を震わす。

「……アレックス、様？」

エリーゼが小さく頼りない声を出すと、ジョイルは振り返り、今までで一番優しげな笑顔を彼女に向けた。

すっとジョイルが場所をよければ、その先にいたのはペイソンの肩を借りて立つ、会いたくて仕方がなかった人物。

「アレックス様？　……アレックス様……アレ、ひくっ、アレック、ス……さ、まぁ」

何度も名を呼んだ。嗚咽が漏れ、視界がぼやけても、ただひたすらに名を呼んだ。

これが夢じゃなく、現実であると確認したくて。アレックスがそこに立っていると実感したくて。

先ほどまで全く動かなかったはずのエリーゼの腕が、アレックスへと伸ばされる。

アレックスは足を引きずりながら、一歩一歩エリーゼへと近づき、床に膝をついた。

そして身体をベッドにもたせかけ、そっとエリーゼの手を取る。

アレックスは決して万全ではない。額には大粒の汗を浮かべ、常に整えられている藤色の髪は乱れている。着替えたはずのシャツには所々血がついており、服の中は包帯でぐるぐる巻きだ。

それでも、今までにないほどの熱量と甘さを含んだ眼差しを向け、エリーゼの手を強く握りしめた。

「ただいま」

「……おかえり、なさいませ」

エリーゼはなんとかアレックスに笑顔を向け、噛みしめるように囁く。

アレックスの手が確認するように、エリーゼの頬を撫でた。

ふたりは気づいている。アレックスが初めて〝ただいま〟と言ったことに。

どことなく立ち入ってはいけないような雰囲気を放ち、見つめ合うアレックスとエリーゼ。

扉の近くに立っているペイソンやソルティアも感動しているのか、涙目で主人たちを見つめている。

しかし、そんなふたりに話しかける勇者がいた。

「お取り込み中のところ悪いが、アレックス、お前は寝ているべき怪我人のはずだが」

呆れを含んだジョイルの言葉に反応したのは、エリーゼであった。

予知夢の運命とは違い、アレックスに生きて会えたことを喜んでいたエリーゼは、先ほどまで彼が置かれていた状況を思い出す。

「そ、そうでした。アレックス様、歩かれて大丈夫なのですか⁉　ソルティアさんからは重体だと聞かされていたのですが……」

「だいじょう――いっ……！」

エリーゼを安心させるように強く頷いたアレックスであったが、背後から伸びてきた手に軽く脇腹を突かれ、大きな声をあげる。

「何が大丈夫だ。お前にとって脇腹の傷はそれほどじゃないのかもしれないが、剣に塗られていた毒にやられていただろうが。解毒剤が効いてきたからって、歩き回れる状態じゃないはずだ。血も足りずふらふらしているし、ちょっと触られただけで悲鳴をあげる奴を、大丈夫だとは言わないんだよ」

「で、殿下……わざと触らないでください。大体、あなたが妻の部屋にいるのが悪いのでしょう。ソルティアが血相を変えて、医務室にやってきたのですよ」

痛みでうずくまっていたアレックスは、ジョイルを睨みつける。

アレックスは額に大粒の汗を浮かべ、痛みを我慢しているのか、正直、顔が引きつっている彼に睨まれても怖くはない。

ジョイルは悪びれる様子もなく、あっけらかんと答える。

「彼女が王宮で休んでいることは、俺と側近以外、知らないんだ。お前が目を覚ましたことを伝えられるのは、俺くらいだろう？」

「え？　殿下がいらっしゃった時には、アレックス様は目を覚まされていたのですか？」

間抜けな声をあげたのは、エリーゼである。

ジョイルは謝罪と、聞きたいことがあって来たのではなかったのか。それに、そうだとしたら、なぜあんな質問をしてきたのかもわからない。

そんなエリーゼに向かって、ジョイルは苦笑いを浮かべた。

「ちゃんと伝えるつもりだったよ。本人が乱入してきたから言えなかったけど」

「では、あの質問は……」

「質問？」

エリーゼの問いに敏感に反応したのは、アレックスである。

「ああ、あれはあなたに聞かなければいけない、大切なことだったから」

「殿下、質問とはなんですか？　妻に何を？」

アレックスの勢いに、ジョイルは思わず一歩後退《あとずさ》った。

「それは……秘密だ」

「なっ⁉」

言葉を詰まらせたアレックスは、ジョイルから聞けないのならエリーゼから聞き出そうと振り返る。

しかし、ジョイルが秘密だと言ったことを、エリーゼが教えられるはずもない。エリーゼは困ったように眉を下げた。

それを見て、アレックスの機嫌が急激に低下する。

「それにしても、です。女性とふたりきりで、部屋にいていいことにはならないでしょう？」

「あ、それは私がいいと……殿下に何度もご足労をかけるわけには、参りませんので」

「……二度とそんなことを許さないように」

アレックスはむっとした様子で、エリーゼに言い聞かせた。

「は、はい」

今までのアレックスとどこか様子が違うことに、エリーゼは困惑する。

そんなふたりのやり取りをジョイルだけでなく、ペイソンやソルティアまでもが苦笑いで見つめていた。

「そんなことよりも、お前は寝ていなくてはいけないだろう。というか、普通は立つこともままならないはずだ。そんな状態で来るのだから、俺が妻の部屋にいるという理由だけで、飛び出してきたわけではあるまい」

ほかにもよほどの理由があるのだろう、と問いかけるようにジョイルがペイソンを見れば、彼は返事に困ったように遠い目をしていた。

実際のところ、アレックスは主で友人でもあるジョイルにさえ、エリーゼのそばにふたりきりでいさせたくなかったのだ。

そのことを察し、ジョイルは思わず「素直というか、単純というか……」と呟きながらため息をつく。

しかし、そんなジョイルを誰も責めはしない。

アレックスも、気まずそうな表情を浮かべている。

そんな中、エリーゼだけがわからないといった表情で、首を傾《かし》げていた。

皆の会話を聞いていても、ジョイルの一番の目的はわからないし、アレックスの顔を見られたことは素直に嬉しいが、なぜ重体だった彼がわざわざ部屋に来てくれたのかも、納得できる説明がない。

目覚めたという情報だけでも、エリーゼは充分喜べたはずだ。

皆の行動の意味が把握できず、エリーゼの頭は混乱する。

アレックスが部屋に来るまでの流れはこうだ。

飲み物を取って帰ってきたソルティアが部屋を覗くと、第一王子のジョイルがいて、対応に困ったソルティアがペイソンに助けを求めに行った。

すると、目覚めていたアレックスが話を聞き、部屋を飛び出した、ということ。

エリーゼが混乱しているとはつゆ知らず、咳払いをして気を取り直したジョイルは、アレックスに近づき、肩を貸そうと腕を取る。

「まずは医務室に戻るぞ。今頃、王宮医師たちが慌てて探し始めている頃だろう。お前が倒れていたのことは明日教えてやるから、今日は身体を休めろ」

「いいえ、戻りません」

「おいおい、いい加減にしろよ。お前には、早く怪我を治してもらわなければならないんだ。今回の件も片づけなきゃいけないしな」

「わかっております。ですが、私はここで寝ます」

「ア、アレックス様？」

ゆっくりとジョイルの肩から腕を下ろしたアレックスは、心配げな声をあげたエリーゼに一度視線を向けた。そして、何かを見極めるかのような真剣な眼差しで、ジョイルを見つめる。

「殿下が予知夢についてどこまでご存知なのかはわかりませんが、妻は私と一緒に寝なければ、休めないのです。今日は、彼女をゆっくり寝かせてやりたい」

ジョイルは、黙ってアレックスを見つめ返していたが、ふっと肩から力を抜き「そうだったな」と小さく頷きながら呟いた。

一瞬、部屋の空気が張りつめる。

ジョイルは明らかに予知夢について何かを知っている。そう確信したのはエリーゼだけではないようで、アレックスの表情が険しくなる。

エリーゼは様子を窺うようにジョイルへと視線を向けた。

ふたりの視線を受けたジョイルは、長く息を吐き出すと、わずかに口元を緩める。

「わかった。医務室には俺から連絡しておこう。お前はこの部屋で寝ればいい」

「ありがとうございます」

「心配しなくても、約束したことは守る。予知夢のことを誰かに言うなんて、この国の王族に生まれた者はしないさ」

「それは、どういうことですか？」

怪訝そうな表情のアレックスを宥めるように、ジョイルが軽くアレックスの肩を叩いた。

「身体が回復したら教えてやるよ。それでは、お休みのところ失礼したね」

「い、いいえ。ご心配いただき、ありがとうございました」

ジョイルはエリーゼの言葉に頷き返し、部屋を出ていこうとしたが、ふらっとアレックスのもとに戻ってくる。

そして、アレックスにしか聞こえない距離まで近づくと、そっと囁いた。

「見つかってよかったな」

はっとして顔を向けたアレックスに笑いかけたジョイルは、今度こそ部屋をあとにする。

その背にアレックスは深く頭を下げた。

ジョイルが去ったあと、アレックスは一度部屋を出ていった……というか、ペイソンに連れ出されていた。

その際、なんだかペイソンにすごく怒られていた気もするが、すぐにソルティアが飲み物と食事の用意をしてくれたので、エリーゼが言葉を挟むことはできなかった。

アレックスが再び部屋へやってきたのは、寝る支度がすべて済んだ頃である。

ペイソンに支えられながらやってきたアレックスは、大きなベッドに横になっているエリーゼの隣へと寝かされる。

ペイソンに支えられているとはいえ、怪我人とは思えないくらいアレックスの足取りはしっかりしていて、表情も柔らかい。

しかし、ジョイルとの会話を思い出すと、アレックスは自分のために無理をしてくれているのだと思えて、エリーゼは申し訳なく感じた。

ソルティアとペイソンが部屋を出ていったのを見計らい、エリーゼは声をかける。

「申し訳ありませんでした」

「なぜ謝る？」

思うように身体の動かないふたりは顔だけを動かし、見つめ合う。

あまりにも近い距離に、エリーゼは目を伏せた。

「勝手に王宮までやってきたことも、予知夢が役に立たなかったことも。それに、私を眠らせるために、今だって無理をさせてしまっていますし、何より……私のせいでお怪我を――」

「エリーゼ、君は何も悪くない。確かに危険であると知りながら、勝手に王宮に来たことは怒っている」

「……申し訳ありません」

「だが、予知夢のおかげで殿下は助かったし、君の声が聞こえたから、あの場を切り抜けられたんだ」

あの時、エリーゼの声を耳にしていなければ、アレックスはすべての毒矢に反応できていなかっただろう。

エリーゼにとっては些細なことかもしれないが、攻撃が来てから対応するのと、攻撃が来る前にかまえる時間があるのとでは大きな違いがある。それが生死に直結することもあるのだ。

「それに、この怪我は君のせいじゃない。ただ俺が未熟だったせいだ」

エリーゼが襲われている光景を目の当たりにし、無我夢中で駆けだして敵に背を向けてしまったがために、脇腹を切られたのだ。

それは、自分の失態でしかない、とアレックスは思っていた。エリーゼたちの無事を確認した途端意識を失ったなど、カッコ悪くて口にもできない。

「だから気にするな。それと、一緒に寝るのは――」

言葉の途中でエリーゼに視線を向けたアレックスは、思わずふっと小さな笑みをこぼす。

精神的にも体力的にも限界であったエリーゼは、隣にある温もりに誘われるように眠ってしまっていた。

その安心しきった寝顔に引き寄せられ、エリーゼの頬にアレックスの指先がちょこんと触れる。

「そばにいたかったから、と言ったら、どんな反応をするんだろうな。おやすみ……エリーゼ」

指先から感じる温もりを噛みしめながら、アレックスもゆっくりと瞳を閉じた。

窓から入るひと筋の光で目を覚ましたエリーゼは、見慣れない部屋であることに一瞬困惑した。しかし、ここが王宮内の一室であることに気づく。慌てて隣を確認したエリーゼは、昨晩ともに寝たはずのアレックスがいないことに動揺した。

まさか、昨夜の出来事は夢だったのか。そう思った瞬間襲ってくる恐怖にエリーゼの身体は強張る。しかし、その心配は杞憂《きゆう》に終わった。

突然部屋の扉が開く。そこから癖ひとつない藤色の髪をなびかせて現れたのは、誰もが見とれる美しい容姿を持つ男、アレックスであった。その姿を確認したエリーゼは無意識に安堵の息を吐く。

「お、おはようございます、アレックス様」

「あぁ、おはよう。と言っても、もう昼だがな」

ごく自然に向けられた甘い微笑みにエリーゼは息を呑む。だが、それよりもアレックスがひとりで歩いて部屋に入ってきたことに驚きを隠せなかった。

「もうひとりで歩いても大丈夫なのですか?」

「まぁな。朝から医務室に連行されて治療を受けてきたし、俺の場合、出血は多かったが、傷の深さよりも毒のほうが問題だったからな。歩く程度の日常生活ならできる。もう大丈夫だ」

「よかった……王宮医師の皆様はとても優秀なのですね」

「そうだな。現に、彼らに何度も命を救われている」

静かに語ったアレックスの言葉に、エリーゼははっと顔を上げる。

アレックスは騎士だ。それも何度も暗殺されかけていた第一王子ジョイル殿下の近衛騎士。そんなアレックスが命の危険に晒されたのは、一度や二度のことではなかっただろう。

「そんな彼らに今回は言われたよ。もし事前に様々な種類の解毒剤を用意していなかったら助からなかった。運がよかったなと」

「……アレックス様」

アレックスは一歩、また一歩とエリーゼのもとに歩み寄る。その動きは怪我人とは思えないほど凛としていて、改めて騎士だと認識するほど頼もしい。

エリーゼは思わず見とれてしまった。

「確かに幸運なのかもしれない。毒が使われると事前に知ることができたから、多くの種類の解毒剤を用意することができた。俺が生きているのは君の予知夢のおかげだ」

「っ！」

心が震えた。エリーゼは今まで『予知夢のせいで……』なんて恨み言を言ったことはない。それでも本当は、予知夢を見るこんな体質が嫌で仕方がなかった。

やりたいことはできないし、行きたい所にも行けない。幸せな未来だけじゃなく、狂いそうなほど恐ろしい未来を知らされ、壊れそうなほどの痛みに襲われる。身体は思うように動かず、誰かがいないと生きていけない。役に立てない日々。同情や哀れみの眼差し。

そして、自分の先に未来がないことが何よりも怖かった。

「ありがとう」

アレックスの言葉がすっと胸の中に溶け込み、熱い何かを溢れさせる。次第にアレックスの姿は霞み、エリーゼの身体がわずかに震え始めた。

誰かの役に立つ。それは皆にとってはごく当たり前のことかもしれない。しかし、エリーゼにとっては何よりも求めていたものだった。ましてやそれが、これからも一緒に生きたいと思う人のためになったのだ。

「わ、私……予知夢を見れてよかった、です」

それは、エリーゼが初めて感じたことであった。

アレックスは愛おしげな眼差しをエリーゼに向け、身体を労りながらエリーゼの頭をそっと抱く。

アレックスの胸から伝わってくる彼の鼓動や温かさに、エリーゼの涙は止まらなくなった。

ふたりの距離

あれから屋敷に戻って一週間。

エリーゼは、まだ庭仕事などは許されないものの、普通に歩き回れるほどまで回復した。

アレックスは、まだ全快ではないため『騎士としては役立たずだ』と嘆きながらも、剣を振るう以外の仕事を行えるまでにはなっていた。

その驚異の回復ぶりに、エリーゼは驚きを隠せない。

なんでも、早く全快になれるようにと、ジョイル殿下から毎日医務室で仕事をしろと命じられているらしい。

身体がつらくなったらすぐに休憩できる環境ではあるが、心配しているのか、仕事に穴を空けたくないだけなのか。ジョイル殿下の真意はわからない。

ローゼリア王国にも変化があった。まず、暗殺を企てた者たちが実行犯の証言により、次々と捕まっていった。

その中には側室リズリナの実家であるヘイソニアン公爵家に深い繋がりのある貴族

たちも含まれていた。その中の数名がへイソニアン公爵にそそのかされたなどと供述していることから、公爵家の立場は一気に悪くなった。

リズリナは関与していないとはっきりしたものの、自ら離宮へと移った。

第二王子バルトも、今までへイソニアン家からの圧力によってできなかった継承権の放棄をし、一家臣としてジョイル殿下を支えることになったそうだ。

一ヶ月後には、ジョイル殿下の王太子就任を発表する夜会が行われることも決まった。こうして、ローゼリア王国は未来へと少しずつ動き始めた。

そして、エリーゼとアレックスにもわずかに変化が訪れた。とはいえ、朝と夜の挨拶は変わらない。もちろん夜、ともに寝ることも変わらない。変わったのは、夕食をともにするようになったことだ。

近衛騎士としての働きができないアレックスは、帰宅時間が早くなった。そのため夕食の時間には屋敷にいるのである。

初めて一緒に食べたのは、屋敷に帰ってきて四日後のこと。エリーゼがベッドではなく、しっかり座って食事をとれるようになった頃であった。

ひとりで食べる食事に慣れてきたエリーゼにとって、アレックスからの誘いはとても嬉しいことだった。

ただ、誘い方が直接ではなく手紙でという、恋愛初心者かと突っ込みたくなるような方法だったため、ペイソンが『肝心なところでヘタレめ』と嘆いていたとかいないとか。

食事中に何かを話すなんてことはないけれど、エリーゼは同じ空間にアレックスがいるだけで、今までの何倍も食事が美味しく思えた。緊張したのは最初だけで、慣れてくれば無言でいても苦にならない。

また一歩、仲が深まったとエリーゼは心を躍らせた。それだけ寂しかったのかもしれない。

今日も、アレックスとともに夕食を食べ終えたエリーゼは、食後の紅茶を楽しんでいた。

当主席に座り、カップに口をつけているアレックスの仕草は、貴族の中の貴族というほどに優雅だ。

騎士服とは違い、ラフな白いシャツと黒のズボンという格好であるはずなのに、わずかに覗く首や腕からは男の色気が醸《かも》し出されていて、エリーゼはなかなか直視できない。

（今さらだけど、本当にアレックス様が私の夫だなんて申し訳ないわ。予知夢のことがなければ、アレックス様と結婚なんてできなかったわよね）

アレックスと関わることが増えたエリーゼは、感慨深げに彼を盗み見た。本当はもっとアレックスと仲を深めたい。他愛《たわい》のない話をしたり、お互いのことを話したり。でも、これくらいがちょうどいいのかもしれない、ともエリーゼは思っていた。

挨拶程度の会話をし、昼間はそれぞれの時間を過ごす。夕食をともに食べて、ともに寝る。

これから、伯爵夫人としての仕事を、ソルティアに教えてもらいながら習得していけば充分ではないか。これ以上踏み込めば、後戻りができない。そんな気がしていた。

アレックスが愛する人を見つけた時、エリーゼが障害になってはいけない。ここまでよくしてくれるアレックスや、ルーズベルト家で働く者たちにエリーゼができることは、結婚初日にしたアレックスとの約束を守ることだろう。

身体のどこかがズキリと痛む。予知夢を見たあとに襲ってくる身体の痛みとは違う、しびれるような痛み。

しかし、エリーゼは気づかぬフリをして紅茶をひと口飲んだのだった。

予知夢姫と夢喰い王子

快晴の空の下、白い壁と青い屋根が続く王都の中心を、一台の馬車が軽快に駆けていく。辺りは駆け回る子供の笑い声や、商人の声などで活気に溢れている。

その様子を馬車の窓から眺めているエリーゼは、周りの雰囲気とはかけ離れた不安げな表情を浮かべていた。

エリーゼの向かい側に座るアレックスが、見ていられずに声をかける。

「そんなに心配する必要はない」

「ですが、殿下からのお話とは、先日おっしゃっていた予知夢に関することでは？」

「だろうな。詳しいことは知らないが……」

エリーゼたちが馬車で向かっている先は、王宮である。

昨晩の夕食の際、珍しくエリーゼに話しかけてきたアレックスは『殿下から、明日の昼に王宮へ来るよう申しつかった。急で悪いが用意してくれ』と言葉少なげに報告してきた。

エリーゼは、すぐに『予知夢のことを誰かに言うなんて、この国の王族に生まれた者はしない』『身体が回復したら教える』というジョイルの言葉を思い出した。そして、この呼び出しは予知夢に関することだと察し、不安を抱えたまま今に至っている。

「どんな話なのでしょうか。まず、なぜ殿下が予知夢について情報を持っているのかわかりません」

「それも聞いてみるしかないな」

「……はい」

エリーゼの両親は、予知夢のことが漏れないよう細心の注意を払っていたはずだ。たとえ王族の誰かが優秀な諜報《ちょうほう》員を使ったとしても、一貴族でしかないキャスティアン伯爵家まで辿り着けるとは思えない。

ジョイルの、王族は予知夢のことを誰にも話さない、という言葉をどう捉えればよいのか。王族だけが予知夢の力を利用すると捉えるべきか、守ってくれると捉えるべきか。

考えれば考えるほど気が重くなる。エリーゼはこのあとのことを思い、深いため息をついた。


王宮に着いたアレックスとエリーゼを玄関ホール前で出迎えたのは、ジョイル本人であった。

馬車の窓から、ジョイルの姿を見つけたエリーゼの驚きは計り知れない。

思わず椅子から落ちそうになったエリーゼを、アレックスは咄嗟に受け止めた。

第一王子、ましてや王太子になることが決まっているジョイルに、直々に出迎えられるなど、他国の王族くらいだろう。

馬車を降りようと立ったはいいが、緊張と動揺で足が震えているエリーゼに、アレックスはすっと手を伸ばす。

いつもは一瞬躊躇してしまうエリーゼも、この時ばかりは迷わず手を借りた。

「急にお呼び立てしてすまなかったね。よく来てくれた。体調はもう大丈夫かな？」

ジョイルは藍色の瞳を細め、柔らかな声でエリーゼに声をかける。

そんなジョイルの優しげな雰囲気に、エリーゼの緊張がわずかにほぐれた。

「お待たせして申し訳ございません、殿下。ご心配ありがとうございます。すっかり体調もよくなりました」

「それはよかった。アレックスの許可がなかなか下りなくて、心配していたんだ」

「殿下、余計なことはお話にならないでください。それより、殿下が直接お出迎えなさらなくても」

「あぁそれは、ここからのほうが近いからな」

「近い、ですか？」

アレックスとエリーゼは、よくわからないといった表情をジョイルに向ける。

ジョイルはふっと小さく笑みをこぼし、「ついてきてくれ」とふたりに背を向け、王宮の中へ入っていった。

慌ててあとについていこうとしたエリーゼの前に、アレックスの腕が差し出される。当たり前のように差し出された腕に、エリーゼは困惑したが、〝王宮では夫婦らしく〟ということだと判断した。そして、『わかりました』とでも言うように小さく頷くと、アレックスの腕にそっと手を添えた。

王宮の中に入ってすぐ、ジョイルたち三人は、王宮入口付近にあった隠し扉の中に入って螺旋《らせん》状の階段を下り、薄暗い道を歩いていく。

地下にあるのか、足場が悪く湿気が多いこの道は、王族のみが知る秘密の道らしい。どうりで従者などを連れてきていないわけだ、とエリーゼは納得しながら慎重に歩を進めた。

少し上り坂になっている道をアレックスに支えられて抜けると、終着地点には古い扉があった。

ジョイルは、迷うことなくその扉を開ける。

扉の先から入った光で一瞬、辺りが白に染まり、エリーゼは眩《まぶ》しさに耐えられず目を閉じた。それからゆっくり瞼を開け、扉の奥へと視線を向ける。そして、その先の光景に息を呑んだ。

青々と生い茂る芝や木々に囲まれて、白い建物が一軒立っている。貴族、ましてや王族が使うには幾分か小さく思えた。建物と小さな池のある庭を林が囲み、その先には王宮が見えることから、ここは王宮の裏にある林の中なのだろう。

しかし、エリーゼの目を釘付けにしたのは、その建物でも周りの自然でもない。

「綺麗……」

太く大きな幹は空高く伸び、扇のように広がる垂れた枝に淡い桃色の花が咲いている。花は風に吹かれるたびにさわさわと揺れ、辺りを桃色に染め上げる。陽光を一身に浴びる花々は、自ら光を放っているのかと錯覚するほど美しい。今までの緊張や不安を一瞬で払拭《ふっしょく》してしまうほど儚く、どこか神秘的な枝垂桜《しだれざくら》だった。

小さな池のほとりに一本だけあるその枝垂桜に、エリーゼの心は一瞬で奪われた。

隣に立つアレックスも、感嘆の吐息を漏らす。

「美しいだろう？　あの桜は散らないんだ」

ジョイルは枝垂桜から視線を外すことなく、静かに呟いた。

エリーゼとアレックスは、驚きを隠すことなく振り返る。

視線を感じたジョイルは「少し長くなるけどいいかい？」と声をかけ、近くにある椅子へふたりを誘導した。

「あの枝垂桜には、遥か昔を生きた、あるふたりの思いが詰まっている。その思いは根を伝い、土を伝い、植物を伝い、水をも伝い、ローゼリア王国全土にまで広まっている。一種の呪《のろ》いのようなもので、媒介となるあの枝垂桜は花を散らせることもなく、一年中咲き誇っている。まぁ、その思いというのは温かいものだから、呪いとは言わないのかもしれないが」

そう言ったジョイルは、エリーゼへと微笑みかけた。

それがあまりにも優しげだったから、エリーゼは思わず頬を染める。

そんなふたりの様子に、アレックスは慌ててエリーゼとの距離を詰めた。しかし、エリーゼはアレックスの焦った様子に気づくことなく、質問を口にする。

「その思いが何か、伺ってもよろしいですか？」

「もちろんだ。あなたには聞く権利があるからね。それよりも、アレックス、お前にひとつ確認したいことがある」

「なんでしょうか？」

「お前は、予知夢を打ち消す存在で合っているな？」

アレックスは驚きでわずかに表情を崩したが、隣で息を呑み、固まっているエリーゼの肩を安心させるように引き寄せ、強く頷いてみせた。

「間違いありません」

「ならいい。これからふたりに話すのは、ローゼリア王国の王族にのみ代々伝えられてきた話だ。この話を知る者は王族しかいない。その意味がわかるな？」

「はい」

神妙に頷くふたりを見たジョイルは、再び枝垂桜へと視線を移す。

つられるようにふたりも、枝垂桜へ目を向けた。

「あの桜には『予知夢を見る者に運命の出会いを』という思いが込められている。運命の出会いとはもちろん、予知夢を打ち消してくれる者に出会うことだ」

「え？」

「ふたりが出会ったのも、この桜の導きによるものだろう」

エリーゼは言葉を失った。ゆっくりと隣へ視線を向ければ、同じように唖然としているアレックスと目が合う。

（アレックス様と出会ったのは、偶然でも奇跡でもない……？）

エリーゼの心は複雑に揺れた。アレックスと出会えると決まっていたことはなぜか嬉しい。でも、それでは真実の愛を探しているアレックスを邪魔する運命にあったということ。そう思うと、とても悲しかった。

逸らされることのないアレックスの青い瞳から逃れるように、エリーゼは目を伏せる。責められているのではと思うと、見ていられなかったのだ。

「殿下は遥か昔を生きたふたりの思いとおっしゃっていましたが、そのふたりと王族、そして予知夢はどう関係するのでしょうか？」

アレックスの言葉でエリーゼは我に返る。今は悩んでいていい時間ではなかったことを思い出し、伏せていた顔を上げてはっとした。

再び目が合ったアレックスに、優しく微笑みかけられたのだ。その表情を見ただけで胸が詰まる。

嫌われていない、責められていない。そう思えるほどの温かい眼差しがたまらなく嬉しく、ジョイルの話にともに向き合おうとしてくれることが、とても頼もしい。

アレックスに勇気づけられたエリーゼは姿勢を正すと、ジョイルにしっかり向き直った。

ジョイルは、エリーゼの心が決まったことを確認する。

そんな彼が聞かせてくれたのは、切なくも優しい男女の物語であった。


――むかしむかし、ある国に予知夢を見ることができる姫がいた。美しく優しい姫は、愛する国民を予知夢で何度も救っていたが、見るたびに命が削られていった。それでも国のためにと予知夢を見続けていた彼女は、ある時、隣国の危機を救うことで運命の人と出会う。その人こそ、予知夢を喰《く》らう力を持った隣国の王子であった。

ふたりは惹かれ合って恋に落ちた。王子のそばで眠ることで、姫は予知夢を見ずに済んだので、未来の情報が必要ない時はふたりは一緒に寝ていた。

しかし、姫の身体はすでに限界まできていた。王子と出会うには遅すぎたのだ。

それでもふたりは短い間をともに生きた。姫は大好きな家族や愛する人と今までで一番幸せな時を過ごした。

姫は最後の最後まで、国民や家族を思う、優しくて温かい、そして笑顔が美しい女性であった。


「これが幼い頃、子守唄の代わりのように父上から聞かされていた、『予知夢姫と夢喰い王子』という物語だ。物語の最後に必ず言われていたよ。お前も予知夢姫のように、自らを犠牲にしてでも国民を守るような者になれと」

ジョイルは、枝垂桜に視線を向けたまま。

だから彼が今どんな表情をしているのかはわからないが、子供に聞かせるには重い物語だとエリーゼは感じた。それがただの作り話に思えなかったからかもしれない。

枝垂桜に思いを込めたふたりと王族、予知夢がどう関係するのかという質問に対する答えが、この物語なのだとしたら。

「その予知夢姫様と夢喰い王子様が、枝垂桜に思いを込めたおふたりなのですね」

「その通りだよ。この物語は作り話じゃなく、この国で起きた実話なんだ。まぁ、すべてを教えられたのは、学院に入る時だったけどね」

ジョイルはひとり立ち上がり、枝垂桜のほうへ数歩近づくと、肩の力を抜いて長く息を吐き出した。

そんなジョイルの背を、アレックスはまっすぐ見つめている。

「戦乱期に誕生したフェデルシカ王女が予知夢を見るようになったのは、五歳の時。その予知夢のおかげで、何度もローゼリア王国の危機は救われた。しかし、そのことで当時の国王は他国に娘を殺されたり、利用されたりすることを恐れた。だからフェデルシカ様を死んだことにし、この小さな屋敷に隠したんだ」

「そんな……」

歴史書によれば、ローゼリア王国のある大陸には、六つの国が存在した。

東西南北、それぞれ国の気候や資源、地理などが異なっていたため、資源などを求めて領土を巡る戦が勃発したのが五百年前。そして、長きにわたる戦乱期が終結したのが今から四百年ほど前のことだ。

「フェデルシカ様の存在を知られるわけにはいかなかった。当時は城に他国の者が忍び込んでいるなんて当たり前。そんな場所に予知夢を見られる姫がいたら、利用されるためにさらわれるか、命を狙われるか……。だから危険から守るため、少ない使用人をつけて姿を隠させた」

戦の時代に未来を知ることのできる予知夢姫は、確かに敵にとって脅威であり、手に入れたい存在でしかないだろう。

国王が取った行動は、我が子を守るための最善の策だったのかもしれない。フェデルシカ様自身も、父である国王の思いを理解していたに違いない。

しかし、姫と同じように予知夢を見ることのできるエリーゼにとっては、他人事《ひとごと》ではなかった。

きっと、王族に生まれた者として、フェデルシカ様は限られた人しかいない狭い世界に閉じ込められながらも、国民のためにと力を使い続けたのだ。

そして国王も、毎日のように国民が命を落としていく中では、姫の力に頼らざるを得なかったのだろう。

エリーゼは、その時のフェデルシカの気持ちを考えただけで、胸が苦しくなった。

「フェデルシカ様はここで予知夢を見続けた。というか、見ないで済む方法がなかったのだ。あなたもそうだったのではないか？」

「……はい」

「小国ながら資源の豊富なローゼリア王国は、他国にとって喉から手が出るほど欲しい国であった。だから、幾度となく狙われ、それを姫の力で免れるような日々が続いた。フェデルシカ様は十七歳を迎えた頃には、寝たきりになっていたそうだ」

エリーゼは無意識に手を強く握りしめる。エリーゼもまたアレックスと結婚する時には、薬のおかげでなんとか歩いている状態であった。

結婚式も短くしてもらい、ひとりでドレスを着て馬車を降りるのもままならない。

エリーゼが寝たきりにならなかったのは、フェデルシカのように自ら予知夢を見ようとせず、寝る頻度を減らすなど、睡眠のとり方を調整していたからである。

あと数ヶ月でもアレックスと出会うのが遅ければ、エリーゼは確実に寝たきりになっていたし、命を落としていたかもしれない。

過去の自分とフェデルシカを重ね合わせていたエリーゼに、死の恐怖が襲ってくる。次第に震えだしたエリーゼの手を、そっと温かいものが包み込んだ。

それが何かわかった瞬間、エリーゼは安心感から涙が溢れそうになる。

「大丈夫だ」

「……アレックス、様」

エリーゼの手を優しく包み込む、大きくてゴツゴツした、それでいて温かいアレックスの手。見上げた先にはジョイルの誕生日以降、時々見せてくれるようになった優しげな微笑みがある。

「すまない。つらければ話すのはやめよう」

「ご心配をおかけして申し訳ございません、殿下。どうか続けてください」

「……わかった」

ジョイルは一度アレックスに視線を向け、確認を取る。

それにアレックスは小さく頷き返し、握る手に力を込めた。

「ある時、予知夢によってその時代一番の武力を有する隣国・ヘルス王国の危機を知った国王は、恩を売るために情報を教え、そのおかげでヘルス王国は侵略を受けずに済んだ。これがきっかけで、ローゼリア王国はヘルス王国と協力しながら戦を乗り切り、今に続く友好関係を築いていくのだが、そのヘルス王国第二王子ウォーレル様こそ、フェデルシカ様の運命の相手、夢喰い王子だったんだ」

今のローゼリア王国があるのは、ヘルス王国との友好関係があってこそだと言っても過言ではない。

その繋がりを作ったのがフェデルシカの予知夢であり、それによって、フェデルシカはウォーレルに出会ったということか。それこそ本当の奇跡だったのかもしれない。

「ふたりの馴《な》れ初《そ》めは伝えられていない。だから、どうして死んだことになっているフェデルシカ様とウォーレル様が出会ったのかもわからない。それでもふたりはここで、予知夢による衰弱で病にかかったフェデルシカ様が亡くなるまでの、三年をともに暮らしたらしい」

「そう、だったのですね」

静かな庭に風が吹き、さわさわと音をたてて枝垂桜が揺れる。

三人はしばし無言で、その光景を眺めていた。

その中で、最初に口を開いたのはアレックスだった。

「ウォーレル様は魔術師だったのですね」

確信を持って呟いたアレックス。

その言葉を耳にして、エリーゼは『この世には魔術を扱える者がいる』という、噂でしか聞いたことのない存在の登場に驚いた。

なぜそう思ったのか。そう言いたげに見つめてくるエリーゼの視線に、アレックスは答える。

「あの枝垂桜には、ふたりの思いが込められていると殿下はおっしゃった。ならば、あの木に呪いをかけたのはウォーレル様だったのだろうと。殿下、違いますか？」

アレックスの強い眼差しに、ジョイルは頷いた。

「その通りだ。ウォーレル様は前線で戦うほどに、魔術が得意だったらしい。だから、フェデルシカ様の願いを叶えたそうだ」

「……願い」

「そう。姫は死ぬ間際、国王に『この先、予知夢を見る者が現れたら、王族でない限り、国のために力を利用せず、幸せになれるよう助けてあげてほしい。国民は王族が守るべき者たちだ』と告げたらしい。国王はその願いを受け入れ、代々王族が学院に入る時に、予知夢姫の物語と彼女たちの思いを伝えると決めた。だから、ローゼリア王国の王族は、予知夢を見る者を守りはしても利用することはない」

「だから……」

咄嗟に言葉を言いかけたエリーゼは、秘密であることを思い出し、慌てて口を噤む。

ジョイル殿下は私に『アレックスと結婚して幸せか？　一緒に生きていきたいか？』と質問したのか、とエリーゼは納得した。

幸せでないなら、助けてあげなくてはならない。それが命がけで国を守った姫の願いだから。

エリーゼがジョイルを見れば、彼の口元がわずかに上がる。

それにエリーゼは頭を下げて、感謝の気持ちを伝えた。

「そして、フェデルシカ様はウォーレル様に、何をお願いしたのです？」

「『私のような人を二度と作りたくはない』と」

「それだけ？」

「それだけですべてわかったのだろう。その後、ウォーレル様は枝垂桜を媒介にして予知夢を見る者に、自分のような予知夢を打ち消せる存在と出会えるよう、ふたりの思いを込めた魔術を全土に広めた」

そう言ったジョイルは、ちらりとアレックスに視線を向ける。

「その代償に寿命は減り、ウォーレル様は若くして亡くなった。亡くなるまでの数年、ウォーレル様はここで過ごした。枝垂桜を守りながら、フェデルシカ様の兄上である次期国王の子供たちに姫の話を聞かせていたらしい。それが、あの『予知夢姫と夢喰い王子』になったそうだ」

エリーゼはすっと立ち上がり、枝垂桜へと歩み寄る。

ゆっくりと歩を進めるエリーゼの肩が、わずかに揺れていることに気づくも、アレックスとジョイルが声をかけることはなかった。

桜の花の下に辿り着いたエリーゼはそっと幹に触れ、枝垂桜を仰《あお》ぎ見る。風で揺れるたびに甘い香りを漂わせる桃色の花を見つめ、エリーゼは何を思うのか。

アレックスは遠くで佇むエリーゼの姿を、ジッと眺めていた。

「結婚した当初、私は彼女にひどいことを言い、関わりを持とうとしませんでした」

あの頃は、無理やり結婚させられ、自分のささやかな夢さえ叶えられないことに腹を立てていた。ただ自分のことばかり考え、理不尽な要求もした。

「それでも、彼女は私と向き合おうとしてくれました。私に感謝しているとすら言い、命までかけてくれた」

エリーゼを見つめるその瞳には、後悔が見て取れた。

ジョイルは言葉を返すことなく、アレックスの声に耳を傾ける。

「彼女といると、安心する自分がいる。だから、虫のいい話かもしれませんが、私にとって彼女のいる所は唯一の帰りたい場所なんだと、最近すごく思えるんです」

「虫のいい話……どうかな？　まぁ、普通の令嬢なら、受け入れてはくれないかもしれないが」

「彼女だって普通のご令嬢ですよ！」

勢いよく振り向き、噛みついてきたアレックスを、ジョイルは呆れた表情で見つめ返す。決して、エリーゼが普通の令嬢じゃないと言ったのではない。

大半の貴族令嬢ならば無碍に扱われた時点で、不平不満が出るようなもの。そんな状況にあっても文句を言わず、ましてや『アレックスとともに生きたい』と考えているエリーゼならば、受け入れてくれるだろうと思っただけだ。

しかし、アレックスはエリーゼのことになると、頭が固くなるらしい。

「アレックスは、彼女への行いを悔いて、踏みきれずにいるんだな」

ジョイルのこぼした呟きは、アレックスの耳に届かない。

『きっと今、アレックスの頭の中はエリーゼのことでいっぱいなのだろう』とジョイルは苦笑いを浮かべた。

「彼女のもとに行かないのか？」

ジョイルの言葉に、アレックスはひどく情けない顔を向ける。

「今の彼女が、何を求めているのかわからないのです」

「ほう？　数多くの女性を魅了してきたお前が？」

「やめてください。私はそんな大層な男ではないですよ」

今ならよくわかる。自分は愛をもらおうとするばかりで、与えようとしていなかったと……。

心のどこかで、どうせ容姿や地位などでしか自分を見ていないのだ、と女性たちを見下していたのだ。それなのに、恋愛している気になって、求める愛をくれないと女性だけのせいにしていた。

叔父であるベネリスは、アレックスが女性と向き合おうとしていないことなどお見通しだったのだろう。だから、嫌でも向き合わざる負えないだろうエリーゼとの結婚を、推し進めたのかもしれない。

今になって、ようやく『今のお前の探し方では見つからない』というベネリスの言葉の真意を理解し、関わり合った女性たちにも申し訳ないことをしたと反省した。

「結局、お前は嫌われたくなくて行動に移せないわけだ」

「う……」

言葉を詰まらせるアレックスを見て、ジョイルは我慢できず噴き出した。

ジョイルの反応に、アレックスはむっとする。

「悪い悪い。アレックスにとっては、初めて出会った〝大切にしたい人〟だもんな。好かれたいと思うのは当たり前だ」

「……面白がっていませんか？」

不服そうなアレックスに、ジョイルは困ったような笑みを向けた。

ジョイルのそんな表情に、アレックスは昔から弱く、それだけで大人しくなる。

「少し羨ましく思っただけだよ。そんな人に出会えたお前が」

「……殿下」

「ウォーレル様の話を聞いた時も思ったんだ。命をかけてでも、願いを叶えてあげたい人とはどんな存在なのか。なぜ姫のことを話し伝えたのか」

王子であるジョイルは恋愛結婚などできない。国の利益になる相手と結婚しなければいけないことは、幼い頃から理解していた。だから、別に本当に愛する人と結婚したいなんて望みはない。妻となる女性を愛せたらいい、それぐらいだ。

だが、ウォーレルの話を聞いた時、人を愛した経験がないながらに、彼がどんな想いだったのか考えた。しかし、答えは見つからなかった。

「アレックス、今のお前ならわかるか？　ウォーレル様の気持ちが」

「……申し訳ありません」

しばし考え込んだアレックスは、素直にジョイルへ頭を下げる。ジョイルが「お前もわからないのか？」と問いかければ、アレックスは首を横に振った。

「なんと言葉にすればよいのかわからないのです。ただ、はっきりしているのは、私も彼女の……エリーゼのためなら命をかけられます。ましてや最後の願いなら、何がなんでも叶えたい」

「……そうか」

ウォーレルが何を思いながらフェデルシカを見送り、その後を過ごしたかなんて本当のことなど誰もわからない。

それでも、アレックスは自分とエリーゼをふたりの立場に置き換えて考えただけで、ひどい恐怖を覚えた。エリーゼを失うことがわかっていて、何もできない。ましてや、救う力があったのに手遅れだったなんて、悔しくてどうにかなってしまいそうだとすら思う。

そんな時、愛する人の願いを叶えてやることができるのなら、アレックスもウォーレルと同じ道を選んでいるだろう。もしかしたら、呪いはフェデルシカだけでなく、ウォーレルの願いでもあったのかもしれない。

「ウォーレル様は、ただ忘れたくなかっただけなのかもしれません。フェデルシカ様が生きていた証を残したかったのでは……」

「……証、か」

たとえフェデルシカの死を理解し、受け入れたとしても。最後の願いを叶えたとしても。決して寂しさや愛しさ、苦しさが消えることはない。

「ひとりの時間を過ごせば過ごすほど、失ってしまったものが恋しくなります。過去にすがりつきたくもなる。ウォーレル様はフェデルシカ様のお話をすることで、フェデルシカ様がいたのだと、ともに生きていたのだと確認していたのかもしれません。幸せだった時間を忘れることは、何よりも怖いことですから」

アレックスも両親を失ったあと、時が経つにつれて周りが変わっていくのを見ているのが怖かった。大好きな両親との幸せな思い出が消えてしまうと、幼いながらに思ったのだ。

屋敷の庭にあるライラックの木は、そんなアレックスの心の支えだった。唯一、両親を感じられる大切な存在だった。

ウォーレルにとっては、枝垂桜がフェデルシカを感じられる大切な存在だったのだろう。だからこそ枝垂桜を守り、フェデルシカの話を王族の子供たちに聞かせていたのかもしれない。

「俺にもできるかな。そんな存在が」

ジョイルの心細げな呟きにアレックスは笑顔を向ける。それはなんとも無邪気な笑みであった。

「できるさ。俺が見つけられたんだから。その時は友人の俺が手助けしてやるよ、ジョイル」

言葉を受けたジョイルは一瞬きょとんとするも、次第に笑みを深めていく。目の前の友人が学生時代の姿と被《かぶ》ったのだ。

「まずは自分のほうをなんとかしろよ。早く行け、アレックス」

「そうだな。フェデルシカ様とウォーレル様が作ってくれたチャンスを、無駄にするわけにはいかない。話してくれてありがとう、ジョイル」

アレックスは、エリーゼのもとへ向かっていく。

その背を眺めながら、ジョイルはニヤリと笑った。

「今度は予知夢姫と夢喰い王子が、幸せで終わる物語を見られるといいな」

気づいた想い

『私のような人を二度と作りたくない』

フェデルシカが死の間際にウォーレルに伝えた言葉。それがエリーゼの頭から離れない。

ジョイルから聞かされたフェデルシカは、王族としての誇りを胸に国民のために力を使う、強くて優しい誇り高き女性だった。過去にもジョイルのように、予知夢姫のような王族になれと言われてきた者は、数多くいたに違いない。

だが、エリーゼはフェデルシカの最後の言葉こそが、彼女の本心なのだと思えた。

そしてその言葉で、フェデルシカをより身近に感じることができたのだ。

エリーゼはウォーレルが枝垂桜にかけた、フェデルシカの最後の願いのおかげで、アレックスと出会うことができた。

エリーゼがアレックスと出会って変わったこと。それは、予知夢を見なくなり、生き続けられるようになったことだ。

だから、エリーゼはフェデルシカも生きたかったのだと思った。

枝垂桜にかけられた呪いの内容が『予知夢を見る者に運命の出会いを』だったことから、フェデルシカは予知夢を見たことを後悔していたわけではないのだろう。

昔のエリーゼならわからなかったが、今のエリーゼならフェデルシカの気持ちが痛いほどわかる。

散々、予知夢で苦しい思いをした。嫌なものを見て、身体も心も壊れそうになった。それでも今は、予知夢が見られてよかったと心から言える。予知夢は大切な人を守れる力だと思えるからだ。

エリーゼは、枝垂桜を見上げた。

視界いっぱいに広がる桃色の花は、包み込んでくれるかのように優しく揺れ、太い幹に触れれば生命力を分けてくれている気すらする。

「あなた様のおかげで、よくわかりました。私の願いもフェデルシカ様と同じ」

(大切な人とともに生きたい。彼との未来を見てみたい)

生きていれば薄れてしまう生への執着心。平和な日々を送っていれば忘れてしまう、明日が訪れるかわからない恐怖。

フェデルシカやエリーゼは短い時の中で多くの人の人生を見て、幾度となく死の恐怖を感じてきた。だからこそ、生きるということが何よりも尊く、幸福なことだと知っている。

フェデルシカは出会った。愛する人に。

そして、フェデルシカは思った。少しでも長く一緒に生きたいと。

そして、フェデルシカは託した。叶えられなかった願いを、せめて未来の同じ立場になる者に叶えてほしいと。

枝垂桜が風に揺れ、さわさわと音を響かせる。

そっと目を閉じ、耳を澄ましたエリーゼは、鈴の音のような可憐な声が聞こえる気がした。

『ねぇ、聞いて。私、初めての体験をしているの。彼のことを考えただけで身体が熱くなって心が疼《うず》く。胸が悲鳴をあげたり、身体全体で叫びたくなったり。彼のことが知りたくて、彼の声が聞きたくて、自分が自分じゃないみたい。それでも私、彼がいるだけで幸せなの。これをね、恋って言うのだと侍女が教えてくれたわ。本でしか知らない感情を私が抱けるなんて……私、恋してる。恋してるのよ』

喜びを含んだ切ない声は、徐々に小さくなっていく。

声に聞き入っていたエリーゼは、閉じていた瞼をゆっくり開き、一度辺りを見回すと、枝垂桜を優しく撫でた。

「あなたの記憶なのね」

微かに聞こえた声は、ウォーレルの魔力を受け、何百年と生きた枝垂桜の記憶の中のフェデルシカなのだと解釈した。植物にそんな力があるかなんてわからないが、エリーゼにはそうであると思えてならない。

幼い頃から小さな屋敷で暮らしていたフェデルシカにとって、枝垂桜はよき話し相手だったのかもしれない。

『聞かせてくれてありがとう』という思いが伝わるように幹に寄り添いながら、エリーゼは自分の幼い頃を思い出していた。


予知夢を見るようになって六年ほどが経った頃、エリーゼは生死をさまよったことがあった。予知夢による体力の低下に合わせ、風邪をひいてしまったのだ。医師の持ってきた薬により、なんとか一命をとりとめたエリーゼは、ロゼッタの持ってきてくれた流行《はや》りの本で暇な時間を潰していた。

その本の中にあった恋愛小説を、エリーゼは今でも覚えている。

貴族のご令嬢に人気だったその本は、身分違いの男女が愛を貫くために、懸命に生きるという内容であった。

定期的にエリーゼの様子を見に来るロゼッタに本の感想を聞かれ、『人を好きになったら、変わってしまうのかしら。そうだとしたら、少し恐ろしいわ』と答えた。

その言葉を聞いたロゼッタは、腹を抱えて笑ったのだ。そして満足するまで笑うと、愛おしげにエリーゼの頭を撫でて囁いた。

『確かに人は恋をすると変わるのかもね。もちろん、悪いほうに変わることもあるかもしれない。でも基本は、好きな相手のために変わるものなのよ。強くなったり、優しくなったり……それは素敵なことなのよ』

『人を好きになるって、どういうことかわからないわ』

エリーゼは家族が大好きだ。屋敷にいる使用人たちも、ロゼッタも大好きだ。しかし、これが恋じゃないということはエリーゼにもわかる。

『私にも恋ができるかな？』

あとどれくらい生きられるのかわからない。部屋にこもったまま人生を終えるかもしれない。そんな自分が人を好きになれるのだろうか。エリーゼは諦めに近い気持ちで呟く。

するとロゼッタは、『もちろん』と大きく頷いた。

『人に恋する気持ちには、簡単には気づけない。何度も何度も好きって気持ちを芽生えさせて、好意と愛の違いを探して、重さを感じて、やっと本当の恋心に辿り着くの。今のエリーゼは、まだ好意や家族の愛しか知らない。だけど、それは大切な鍵よ。エリーゼの今知っている愛と、新たに感じた愛を比べてみなさい。そしたらいつか、本当の愛が必ず見つかる。エリーゼだって恋できるわ』

ロゼッタの言葉を思い出したエリーゼは、思わず息を止めた。

あの時は、そんな機会があるのかとロゼッタの言葉を半信半疑で聞いていたけれど、フェデルシカの感情に触れて、今自分の胸に湧く気持ちを感じて、彼を想って……エリーゼは気がついた。気づいてしまった。

「……私、アレックス様に、恋をしている？」

声に出した瞬間、エリーゼの身体に電流が走る。今まで感じてきた、痛いしびれなどではなく、むずがゆく心地よい、そんなしびれが全身を包み込む。

『居場所があれば大丈夫』と口にしながら、いつかアレックスが愛する人を連れてくる日を想像して不安になった。言葉を交わせただけで舞い上がり、アレックスのことをもっと知りたくなった。

アレックスを失った先の未来に絶望し、彼の笑顔を見ただけでなぜか無性に泣きそうになった。何よりも、自分の命をかけてでも助けたいと思えたのは、アレックスだけだった。

「あぁ……どうしよう」

自覚してしまった。結婚時にアレックスと交わした約束を、守り抜ける自信がない。アレックスがほかの女性と立っている未来を想像するだけで、足から力が抜けていきそうだ。

「大丈夫か？」

突然背後からかけられた声に、エリーゼの身体が大きく跳ねる。慌てて振り返れば、思いのほか近い距離にアレックスがいて、エリーゼは目が合わせられないくらい動揺した。

「具合でも悪いのか？」

顔を伏せるエリーゼを心配した、アレックスの声は優しい。

それだけでエリーゼの心は悲鳴をあげた。気づいたばかりの気持ちを整理しきれていないエリーゼは、顔を真っ赤に染め、首を横に振るだけで精一杯だ。

いつもと違うエリーゼの様子にアレックスはすぐに帰宅を提案し、エリーゼは助かったとばかりに了承した。

出入口である古びた扉に向かおうと、エリーゼが足を踏み出した背後で、アレックスが枝垂桜に頭を下げた気配がする。

「フェデルシカ様、ウォーレル様。私はあなた様方に心から感謝いたします」

それはエリーゼに聞かせようとしたものではないのか、とても小さな声だった。

だが、近くにいたエリーゼにはしっかり聞こえた。そして、その言葉の意味を考えようとしてやめた。勝手に自分の望むほうに、解釈してしまう気がしたからだ。

「行こうか」

来た時と同じように差し出されたアレックスの腕を、エリーゼは神妙な面持ちで見つめ、ためらいがちに軽く手を添える。

傍から見れば何も変わらないふたりの距離。しかし、心は複雑な距離感へと変化しつつあった。

太陽は大地を照らし、風が植物の香りを運んでくる。

清々しい朝は、いつもならば庭仕事に心を躍らせるエリーゼの姿を連想させる。

だが、屋敷で侍女長を務めるソルティアは、晴れ渡る外の景色とは正反対の表情を浮かべ、エリーゼの待つ部屋へと急ぎ向かっていた。

ソルティアが表情を曇らせる原因。それはソルティアを呼んだ張本人、エリーゼである。

エリーゼはジョイルに呼ばれて王宮へ出向いた日から、『心ここにあらず』といった様子でボーッとしていることが増えた。常に笑みを浮かべていた顔は、ふとした時に陰りを見せる。

アレックスが声をかければ飛び跳ねんばかりに驚き、ごまかすように不完全な笑みを浮かべ、終《しま》いにはうーんとうなりながらひとりの世界に入ってしまう。

周りで見守っていた者たちは、何があったのかと心配で仕方がない。アレックスに尋ねても、理由がわからないと弱りきった表情を浮かべるだけで、頼りにならない。

すでに屋敷の太陽的存在になっているエリーゼの元気のない様子は、ソルティアを含め、屋敷にいる者たちにとっては大事件だ。

そんな中、ソルティアはエリーゼに呼ばれたのである。何か悪いことがあったのかと、ソルティアは気が気でなかった。

エリーゼの自室前に着き、扉を叩く。入室の許可を得たソルティアは、ゆっくりと部屋へ入っていった。

「急に呼んでしまってごめんなさい、ソルティアさん」

ソファに腰掛けて、紅茶を飲んでいたエリーゼはカップを置くと、本当に申し訳なさそうな表情を浮かべる。

そんなエリーゼにソルティアは「お気になさらないでください」と笑いかけた。昨日に比べて表情が明るいエリーゼに、ソルティアは内心安堵する。

「奥様、いかがなさいましたか？」

「あ、あの……」

言い淀むエリーゼの様子に、先ほどまでの不安が再びソルティアに襲いかかる。だからこそ恐る恐る口を開いたエリーゼの言葉に、ソルティアは普段では考えられないほどに食いついた。

「相談に、乗ってくれますか？」

「相談ですか？　もちろんでございます！　なんでもおっしゃってください」

「その、男性に好かれるには……どうしたらよいのでしょうか？」

思わぬ相談内容に、ソルティアはきょとんとした。だが、内容を呑み込めたのか、真剣な表情で「誰か好きな人でもいらっしゃるのでしょうか？」と問いかける。

すると、エリーゼは顔を真っ赤に染め上げ、「アレックス様です」と言うではないか。ソルティアは歓喜のあまり踊りだしそうだった。

一方のエリーゼは、ソルティアの反応をビクビクしながら窺っていた。王宮から帰ったエリーゼは、初めて芽生えた恋心と懸命に向き合い、自分の気持ちの整理を試みていた。

アレックスとともに生きていきたいという想いに、偽りはない。できるならば、アレックスの隣にいたいとも思う。

しかし、アレックスが自分を愛しているはずはない……そう思うと、彼の未来を自分の予知夢の犠牲にしてしまったという罪悪感が湧いてくる。この想いは、なんとも自分勝手ではないかと。

とはいえ、このまま罪悪感に苛まれて身を引き、アレックスに愛する人ができた時、自分は受け入れられるのか。眠る時に感じられるアレックスという温かい存在を、簡単に手放せるのか。

答えは〝否〟だった。今のまま身を引けば、後悔するに決まっているのだ。

アレックスの隣に立てる存在になる。女性として、妻として、自分のできることをする。そこまでしても、アレックスに愛する人ができたなら、その事実を受け入れよう。受け入れるのは苦しいだろうけれど、頑張った結果なら後悔はないはずだ。

フェデルシカとウォーレルがくれたチャンスを、託してくれた願いを、簡単に捨てるようなことはしない。

そう決めたエリーゼは、我がままな想いを受け入れてくれるのでは、という淡い期待を込めて、ソルティアを呼んだのである。

「干渉しないという約束を破ろうとしているのは、承知しています。だけど、何もしないで諦めることはできなくて……ソ、ソルティアさん？」

懸命に自分の気持ちを伝えようとしていたエリーゼは、わなわなと震えているソルティアに気づく。

どうしたのかと不安に思っていれば、ソルティアは突然ガバッと顔を上げた。その目はエリーゼを捕らえるとキラリと光った、ような気がした。

「お任せください！　屋敷の者一同、全力でお手伝いいたしますわ！」

「え、や、屋敷の者って、ソルティアさん。私は勝手に言っているので、そんな迷惑をかけるような」

「迷惑だなんて、とんでもございません！　さぁ、何からいたしましょう。正直、奥様はそのままでも充分魅力的でございますが、この際アレックス様をもっと驚かせて……」

「ソルティア、さん？」

ブツブツと呪文を唱えるかのように、独り言を呟いているソルティアを見て、エリーゼは相談相手を間違えたのだろうかと不安に駆られた。

エリーゼは知らない。屋敷にいる誰に相談しても、同じ反応になるであろうことを。

こうして、エリーゼは〝アレックスに振り向いてもらおう大作戦〟を決行することとなった。

もちろん、使用人たちは主人であるふたりが両想いであるとわかっていたが、初めての恋心にどぎまぎしつつ、懸命に向き合おうとしている彼らを見守ることで意見が一致した。

『愛とはその過程が重要なのだ』と言ったのは、誰だったか。

早速、エリーゼは午前中の庭仕事を終わらせると、午後は伯爵夫人としての仕事を勉強し始めた。もちろんルーズベルト伯爵が治める、領地の勉強も忘れない。少しでもアレックスの隣に立つのに、ふさわしい存在になりたい。その一心で、ペイソンやソルティアに教えを請いながら勉強を進めていった。

ここでひとつ嬉しい誤算があった。引きこもり生活をしてきたエリーゼは、部屋の中でできる読書や刺繍ばかりをやってきた。そのおかげか、普通の令嬢よりも知識が豊富で、勉強といっても夫人のやるべきことの確認などだけで、領地のことや国の歴史は教える必要がないほど詳しかったのだ。

あとはエリーゼの苦手であろうお茶会に参加するなど、社交的な部分を広げていければいいとペイソンに言われたエリーゼは、顔を引きつらせながらも大きく頷いた。

そんなエリーゼに笑顔を向けたペイソンの目は、娘を見るそれと変わりない。

そして、勉強を一段落させたエリーゼは、急いで着替え始めた。今日は初めて、仕事から帰ってくるアレックスを出迎えることになっている。

今まで、寝室でしか出迎えも見送りもしてこなかったエリーゼは緊張ぎみだ。特にアレックスの反応が心配で仕方がない。

いつもよりも明るい橙色《だいだい》のドレスは白く透き通るエリーゼの肌を引き立て、薄く化粧を施した顔は自然と頬を桃色に染める。髪を結い上げてもらったエリーゼは可憐で、恥ずかしそうに笑う姿は愛らしい。

恋とは人をこんなにも華やかに輝かせるのか、と侍女たちは微笑ましげにエリーゼを見つめていた。

エリーゼが準備を済ませて玄関ホールに向かうと、ちょうど扉の外から馬の蹄《ひづめ》と馬車の車輪の音が響いてきた。

ペイソンが言っていた、帰宅の予定時間ぴったりの到着に、エリーゼの緊張は最高潮に達する。

一方、アレックスを出迎えるために玄関扉の外にいたペイソンは、エリーゼが間に合ったことにホッと胸を撫で下ろしていた。

実は、アレックスの帰宅時間は日に日に早くなっているのである。その理由は容易に想像ができた。

何も知らないアレックスは、いつものように馬車を降りて出迎えるペイソンに労《ねぎら》いの言葉をかける。そして玄関扉を開けた。なんの気なしに玄関に入ろうとしたアレックスは、目の前の光景に青い瞳を大きく見開いた。

「お、おかえりなさいませ、アレックス様」

緊張から声をわずかに震わせながらも、頬を染めてはにかんだエリーゼは、それはそれは眩しかった。

エリーゼの愛らしい笑顔に釘付けになっていたアレックスは、ペイソンの小さな咳払いで我に返る。

「あぁ、ただいま」

「……約束もなしにお出迎えしてしまい、申し訳ありません」

アレックスの淡白な反応に、やはり許可なく出迎えたのはダメだったか、とエリーゼは後悔する。

しかし、謝られたアレックスは慌てて首を横に振る。

「いや、少し驚いただけだ。出迎えてもらえて嬉しいよ、ありがとう」

目尻の下がった優しい眼差しに射抜かれ、エリーゼの胸の鼓動が速くなっていく。

アレックスは『すぐに着替えてくるから、食堂で待っていてくれ』と言い残し、颯爽と階段を上がっていった。

アレックスを見送ったエリーゼは、うるさく鳴り響く自分の胸に手を押し当て、冷静さを取り戻そうと深呼吸を繰り返していた。

ちなみに、エリーゼには颯爽と去っていくように見えたアレックスの姿は、使用人たちには慌てているようにしか見えなかった。

「嬉しいって……よかった」

エリーゼの小さな呟きは、聞いた者を幸せにする。

恋愛経験豊富な者にとっては些細なことでも、初めての恋心を自覚したエリーゼにとっては大きな出来事。アレックスに拒絶されるどころか喜んでもらえたことは、エリーゼに大きな喜びを与えた。

アレックスに言われた通り、食堂に向かったエリーゼが待たされることはなかった。エリーゼが席に座ってすぐ、着替えを済ませたアレックスがやってきたからだ。

彼は、いつも通りのラフなシャツとズボンに、細やかな刺繍の施されたベストを羽織っていた。

アレックスが席に着けば、夕食のスタートである。

エリーゼは、すました表情で座っているアレックスを盗み見ながら、男性は着替えるのが速いなと感心していた。今までは、エリーゼが食堂に着いた時には、いつもアレックスが待っている状態だったので、新たな発見をして自然と口角が上がる。

そんな風に思われているとも知らないアレックスは、エリーゼの姿が気になり、落ち着かずにいた。貴族社会で長年培ってきた演技力を活かし、平静を装ってはいる。

しかし、エリーゼは普段着ているような落ち着いたドレスと違い、華やかさの中に気品も含んだ女性らしいドレスを身にまとっている。

その姿に、アレックスの視線は無意識に引き寄せられる。グラスへ手が伸びる回数も異常なほど多くなった。

それもこれも、エリーゼのよさとアレックスの好みを熟知した、侍女たちの作戦が成功したということだろう。

いつもと少し雰囲気が異なっていたせいか、普段は無言で食事を進めるふたりが、「美味しいですね」と言葉を交わす。それを皮切りに様々な会話が繰り広げられ、とても充実した時間を送ることができたのだった。


そしてその日の夜。

いつも通り着替えを済ませ、寝室に入ったエリーゼは、椅子に腰掛けて本を読んでいるアレックスを見つけて驚いた。

「ここで本を読まれるなんて、珍しいですね」

本を読むどころか、寝室でくつろいでいる姿さえ見たことがなかったエリーゼは、素直に思ったことを尋ねる。

エリーゼの声に反応して、ゆっくりと顔を上げたアレックスは、青い澄んだ瞳にエリーゼを映した。

「君を待っていたんだ。聞きたいことがあってね」

そう言って本を閉じたアレックスは、椅子から立ち上がるとエリーゼのもとへ歩み寄る。

逸らされることのない強い眼差しに、エリーゼは絡め取られたように身動きが取れなかった。

「エリーゼ」

甘く柔らかなアレックスの声が部屋に響き渡り、エリーゼの身体に甘いしびれが駆け巡る。思わず顔を伏せたエリーゼの頬に大きな手がそっと触れ、すくうように顔を持ち上げられた。

「俺にそう呼ぶ権利はあるか？」

悲しげに歪むアレックスの顔が息がかかるほど近くにあり、エリーゼは息を呑む。

アレックスの言っている意味が、エリーゼにはわからない。夫婦が名前を呼び合うのは当たり前のことで、それを権利と言うのなら権利だろう。

しかし、なんとなくアレックスはそういうことが言いたいんじゃないと思った。もしかしたらアレックスにとって、名前で呼ぶことに躊躇する何かがあるのかもしれないが、エリーゼには思い当たることはない。

『でも、名前で呼んでほしい』……そう、素直にそう思った。だから――。

「名前で、呼んでください」

それはエリーゼの願いでもあった。たったひと言名前を呼ばれただけで、感じる特別感。家族や友達に呼ばれた時とは違う感覚。すべてが新鮮で愛おしい。

「……エリーゼ」

「はい」

「エリーゼ」

「はい、アレックス様」

「ずっとそう呼びたかった」

そっと身体が引き寄せられ、遠慮がちにエリーゼの頭に回されたアレックスの手は、わずかに震えていた。

それは親が子供にするような強い抱擁《ほうよう》ではなく、アレックスの肩にエリーゼの額が触れる程度の軽いものであった。

しかし、エリーゼはアレックスの温もりを間近で感じ、ただただ幸せだと思った。


その日を境にふたりの様子は変わっていった。朝の食事も一緒にとるようになり、ペイソンたちの朝の報告もともに聞く。見送りや出迎えも寝室ではなく玄関でするようになった。

抱擁やキスをするわけではないが、笑顔で挨拶を交わすふたりから幸せが伝染していく。

エリーゼはとても充実した日々を送っていた。このままずっとこんな日が続けばいい。そう思ってすらいたが、乗り越えなければならない壁はあるものだ。

「殿下が王太子となられる夜会……。この前の夜会から、もう一ヶ月経つのですね」

次の夜会用にと作らせていたドレスができ上がり、ソルティアが部屋に持ってきた時、エリーゼは思わず眉を下げた。

決してジョイルのための夜会が嫌なわけではない。ただ、またアレックスに好意を寄せる女性たちに会うのかと思うと、気が滅入ってしまうのだ。

そんなエリーゼの気持ちを察したソルティアは、心配ないと声をかける。

「奥様にはアレックス様がいらっしゃいますし、そのままのお姿で充分素敵でございます。自信を持ってください。エリーゼ様はわたくしどもの自慢の奥様ですから！」

ソルティアの優しく心強い言葉に、エリーゼは頷き返す。

「ありがとうございます、ソルティアさん。そうですよね。私はあの時の私じゃないですもの、負けるわけにはいかないわ」

アレックスへの想いの強さでも、女としても、彼の隣に立ちたいのならば負けてなんていられない。

そこに、助けられなければ生きてもいけず、相手のために自分の気持ちを押し殺していた幼い少女の姿はない。たくさんのことを経験し、悩み、感じてきた少女はいつしか女性となり、自分の足で地に立ち、前に進んでいく勇気を手に入れた。

「では奥様、調整いたしますので着ていただけますか?」

「はい。お願いします」

ソルティアは頼もしいエリーゼの姿を嬉しそうに眺めながら、結婚当初よりも女性らしい丸みを帯びたエリーゼの身体に、ドレスを着つけていった。

アレックスとエリーゼ

月が空を明るく照らす、静かな夜。

窓際の椅子に腰をかけて本を読んでいたエリーゼは、外の様子を気にしては、本に目を落とすという行為を繰り返していた。

王宮医師の腕のおかげか、はたまた回復力の高さか、アレックスは怪我を負って三週間ほど経った頃には、剣を振れるまでに回復していた。近衛騎士としての本来の仕事に復帰したアレックスの帰りは、再び遅くなっている。

もちろん朝食はともに食べているが、治療していた間、剣を振ることができなかったこともあり、アレックスは感覚を戻すために訓練に励んでいた。それに加え、ジョイル殿下が王太子となるための式典の準備などもあり、夕食をともに食べることはなくなっている。

それを少し残念に思いつつも、朝食をともにとり、挨拶や他愛のない会話もしているということが、エリーゼの心を支えてくれていた。

本の内容など頭に入っていない彼女の耳に、待ち望んでいた音が飛び込んでくる。

素早く本に栞を挟んだエリーゼは、チラッと窓の外を確認すると、用意していたショールを羽織って部屋を飛び出した。廊下は誰かに見られてもいいよう背筋を伸ばして歩くが、その速度は速く、到底貴夫人らしからぬものである。だが、すれ違った者から咎められることはない。

わずかに息を乱して階段まで辿り着いたエリーゼの目に、ペイソンが玄関扉をゆっくり開く姿が映る。みっともない姿にならぬよう、エリーゼは一度大きく深呼吸し、急いで身なりを整えた。それでも早く会いたいという気持ちを抑えることができず、ゆっくりとは言えないスピードで階段を下りていく。

ペイソンに労いの言葉をかけながら扉から現れた人物は、エリーゼの姿を見つけた瞬間、慌てて階段へと駆け寄った。

「エリーゼ、危ないだろ！　踏み外したらどうする」

アレックスがそう注意するも、階段を下りきったエリーゼは、満面の笑みを浮かべていつものように迎えた。

「おかえりなさいませ、アレックス様」

「……ただいま、エリーゼ」

険しい顔を向けていたアレックスも、エリーゼの笑顔に毒気を抜かれたのか表情を和らげ、甘さを含んだ優しい声で答える。

今では当たり前のように交わされる挨拶。けれど、エリーゼにとっても、アレックスにとっても、お互いの存在を感じられる特別なものであり、『帰る場所』を実感させるものとなっていた。

だから、アレックスは自然と口元が緩んでしまうほど、出迎えられたことが内心嬉しいのだが……。

「エリーゼ。いつ帰るかもわからない、俺の帰りを待っていなくていいんだ。夜は屋敷の中も暗くなるし、何かあっては俺が困る」

眉を下げ、懇願するように言ってくるアレックスの姿を見て、エリーゼは悲しげな表情を浮かべて頭を下げた。

その瞬間、アレックスは言葉選びを間違えたと悟る。

「申し訳ありません。私が出迎えたかったのです。アレックス様を困らせたかったわけでは……」

「あ、いや、そういう意味ではない。その、もちろんエリーゼが出迎えてくれるのは嬉しいのだが、君が怪我などしてはと思うと心配なのだ」

「では、気をつけていれば、お出迎えを続けてもよろしいのですか？」

「え、あ……そうだな。だが、急いで来なくてもいい。待っているから、ゆっくり来てくれ」

「はい！」

花開くようなエリーゼの笑顔を真正面で受け、アレックスは眩しそうに目を細める。彼がエリーゼのお願いを断るなんてできるはずもない。

後ろでそんなふたりの様子を見守っていたペイソンは、苦笑いを浮かべるほかなかった。

「エリーゼ、少し話があるんだ。着替えてくるから、先に談話室に行っていてくれ。ペイソン、案内を頼んだ」

「かしこまりました。では奥様、参りましょう」

自室へ向かうアレックスを黙って見送ったエリーゼは、話の内容に一抹の不安を感じながら、ペイソンに促されるまま談話室へと向かう。

初めて足を踏み入れた談話室には、夏が近い今は使われてはいない暖炉と、ぎっしりと本が詰まった大きな本棚があり、壁にはいくつかの絵が飾られていた。部屋の中央には、テーブルを囲むように三人掛けのソファがふたつと、ひとり掛けのソファがふたつ置かれていた。

茶を基調とする家具でまとめられた温かみのある部屋を、物珍しげに見回すエリーゼの横では、ペイソンが侍女から紅茶セットを受け取り、紅茶を淹《い》れている。

止められないのをいいことに、室内を歩き回っていたエリーゼは、ある一角で足を止めた。

黒髪に碧眼を持つ鋭い目つきの男性と、椅子に座っている藤色の長い髪に藍色の瞳の美しい女性。そしてふたりの間には、背筋をピンと伸ばし、愛らしい笑みを浮かべる、まだ少年というには幼すぎる男の子が立っていた。

人づてにしか聞いたことがない人物たちの姿に、エリーゼは釘付けになる。

「俺は母親似だろう？」

突然かけられた声に驚き、振り返ったエリーゼの目に、あどけない姿から立派に成長した青年の姿が映る。

アレックスはペイソンが淹れた紅茶を手に、エリーゼのもとに歩み寄る。そして彼女の横に並ぶと、壁にかけられている絵へと視線を移した。

「正直、両親の記憶は曖昧なんだが、優しくて立派な人たちだったことは覚えている」

「そうなのですね。アレックス様は確かにお義母《かあ》様に似ていらっしゃいますが、騎士として仕事をなさっている時のアレックス様の凛々しい様子は、お義父《とう》様に似ていらっしゃると思います」

「そうか？」

聞き返した時のアレックスが嬉しそうで、エリーゼの心は温かくなった。

アレックスは知らないながらに両親の姿を追い、彼らの残したものを必死に守ろうとしてきた。仕え続けてくれた使用人たちや領地、領民、ルーズベルト伯爵という家、すべてがアレックスにとって守らなければいけないものであった。

だからこそアレックスは、『せめて自分を愛してくれる人と生き、愛に満たされた家庭が欲しい』『ともに大切なものを守ってくれる女性と過ごしたい』と思っていたのだ。

だが、今のアレックスは少し違う。

相手からの愛情が欲しいという一方的な感情は消え去り、『ただそばにいたい』『守りたい』『ともに生きていきたい』と願っている。今まで愛とは何か考えてきたことがバカらしく思えるほどに、自分の中から溢れ出る感情は、ひたすらエリーゼを求めていた。

それはアレックスにとって、初めて経験する感覚である。

「実は話というか、渡したい物があって呼んだんだ」

「渡したい物、ですか？」

手に持っていたカップを近くのテーブルに置いたアレックスは、改めてエリーゼと向かい合う。

アレックスの青い瞳に射抜かれたエリーゼは、目を逸らすこともできないほど緊張していた。

そんなエリーゼの前に差し出されたのは、両手に乗るほどの小さな黒い箱。

「開けてもよろしいですか？」

ゆっくり頷き返すアレックスを確認したエリーゼは、慎重に箱を開け、中を見た瞬間息を呑んだ。

「っ！　これ、は……」

「明日の夜会でつけてほしい」

「綺麗……ライラック、ですか？」

「正解だ」

箱の中にあった物。それは庭にあるライラックの花をモチーフにした、髪飾りであった。

所々色合いの異なる紫色の宝石が、花びらの部分にいくつもはめ込まれ、光の当たり方で見え方が変わる。パッと見ただけではライラックの花だとわからないだろうデザインは派手すぎず、しかし細部までこだわっていて華やかで美しい。

「急いで作ってもらったんだが、気に入ってもらえただろうか？」

心配そうに様子を窺うアレックスに、エリーゼは頬を染め、嬉しさのあまりうっすら瞳を潤ませながら笑顔で頷く。

それを見たアレックスは安堵の息を吐き、熱い眼差しをエリーゼに向けた。

「俺にとっては特別な花。だから、エリーゼにつけてもらいたい」

「アレックス様……ありがとうございます。もちろん、つけさせていただきます！」

「ありがとう、エリーゼ。明日がとても楽しみになったよ」

笑みをこぼすアレックスから、エリーゼは目が離せない。いつものような優しげな微笑みとは違い、どこか無邪気さの残る笑顔は、写真に映る幼い頃のアレックスと被って見えた。

苦しくなるほど高鳴る胸に、エリーゼは必死に手を押し当てる。そうでなければ、アレックスの胸の中に飛び込んでしまいそうだった。

彼の新しい姿を見つけるたびに、エリーゼの想いは溢れていくのだ。男らしい仕草や優しい気遣いに舞い上がりそうになり、彼の過去や影を知って、自分のことのように胸が締めつけられる。彼のそばにいるだけで幸せだと無性に泣きたくなったり、喜ぶ姿が見たくて何かできないかと悩む。

今までの自分ならば考えられないような感情や行動も、これが愛するということなのだと理解すれば、些細な変化がむずがゆい。特別となった黒い箱を疼く胸に抱き、アレックスが好きだと噛みしめる。

そして、アレックスのそばにいていい存在になるためにも、明日の夜会を成功させてみせると強く誓うのだった。

あなたのそばにいるために

街の落ち着きとは相反する厳重な警備の中、人々の期待や企みが交差する王宮は、表面上は穏やかに、だが確かな熱を帯び始める。

昼間に両陛下のもと、各大臣に見守られながら、ローゼリア王国第一王子ジョイル・アーロン・ローゼリアの王太子叙任式が行われた。

これにより、ジョイルは晴れて王太子となったのである。

このあと始まる夜会は、それを貴族たちの前で宣言するためのもの。

一ヶ月前のジョイル殿下暗殺未遂事件により、多くの貴族が摘発された。第二王子バルト殿下の継承権放棄などもあったことから、それぞれの立ち位置が変わった貴族たちは、地位の安定や新しい関係作りに躍起になっている。

今回の夜会は、そんな貴族たちにとって重要なものとなるだろう。

周りの慌ただしさや賑わいをひしひしと感じながら、エリーゼは緊張した面持ちで、王宮内に用意された控え室で愛しい人を待っていた。

エリーゼは椅子に座ったと思えば、すぐに立ち上がり、部屋の中をぐるぐる歩き回っている。

そんなエリーゼを見て、部屋の隅に控えているソルティアは「落ち着きましょう」と声をかける。

「ごめんなさい。少し緊張してしまって……」

「おひとりではないのです。安心してください、奥様」

「そ、そうですよね」

ぎこちない笑みではあるものの、椅子に座り直したエリーゼを見て、ソルティアは小さく安堵の息をつく。

エリーゼが待っている人物は、もちろんアレックスである。昼間に行われた叙任式に、ジョイルの護衛騎士として参加していたアレックスとは、王宮で合流することになっていた。

正直、エリーゼにとっては、ひとりで王宮に来るだけでも大きな試練である。

着替えを済ませ、馬車に乗り込むまではよかったが、王宮に着いた瞬間から多くの視線がエリーゼに向けられた。その多くは、初めての夜会の時にも感じた好奇心によるものだ。近衛騎士であり、社交界で有名な人物でもあったアレックス・ルーズベルト伯爵はどんな女性を妻にしたのか、という。

女性に本気になることがなかったアレックスに、『早く帰宅したい』と思わせる妻とはどんな女性なのか……そんな興味から、騎士たちはエリーゼをひと目見ようとしたのだった。

しかし、王宮で働く侍女や女官たちから向けられる視線は、嫉妬や羨望、嫌悪など様々だ。これでエリーゼが絶世の美女であったり、何か秀でたものを持っていたりするのなら、諦めることも認めることもできただろう。

だが、エリーゼは華のある顔立ちでもなく、どちらかというと貴族としては平凡な部類に入る。もちろん、ソルティアたちの手により美しく気飾られているし、手入れを怠っていない肌はきめ細かく、蜂蜜色の髪は艶やかだ。

けれどアレックスと噂のたった女性たちが皆、華やかで色気に溢れていたことも災いして、女性陣から向けられる視線は厳しい。

エリーゼとて、自分はアレックスとは釣り合わないと何度も悩んできたのだ。皆の視線の意味も痛いほどわかる。しかしエリーゼは、しっかり背筋を伸ばして胸を張り、この控え室まで前を見据えて歩いてきた。

視線が怖いなどと、逃げてはいられない。こうなることは百も承知だったのだ。気持ちで負けない。そう決めてきたのだからと、エリーゼは自分を奮い立たせた。

夜会本番では、もっと大きな相手と戦うことになるだろう。視線を受けるだけではなく、直接対峙することもあるかもしれない。隙を作ってはいけないと考えれば考えるほど、エリーゼの緊張は膨れ上がっていく。

『コンコン』と控えめなノック音が部屋に響いた。

ビクリと肩を揺らしたエリーゼだったが、続いて聞こえてきた声に力を抜いた。

「待たせて申し訳ないな」

そう言って部屋に入ってきたのは、騎士服ではなく礼服をまとったアレックスであった。

光の加減で紫や青、黒に色を変える、光沢のある上品な生地の礼服を着こなす姿は、吐息が漏れてしまいそうなほど凛々しく美しい。胸元には、エリーゼに贈った髪飾りと同色のハンカチーフが入れられ、しっかりと後ろへ撫でつけられた藤色の髪は、アレックスの中性的な甘い顔立ちを引きしめ、男の色気を醸し出している。

まさに〝社交界の貴公子〟と納得させる姿であった。

「エリーゼ？」

アレックスに見とれていたエリーゼは、彼に名前を呼ばれて我に返る。

いつの間にか近くまで来ていたアレックスは、目元を緩めて「大丈夫か？」と優しく問いかけた。

つい見入ってしまった恥ずかしさと、心配してくれたことへの嬉しさから、エリーゼはほんのり頬を染める。

「は、はい。申し訳ありません、その……とてもよくお似合いだったもので」

エリーゼの言葉を受けたアレックスは頬をかくと、エリーゼにしか聞こえないくらい小さな声で「ありがとう」とこぼす。幼い頃から見た目に関して褒められ慣れていたアレックスだったが、エリーゼの言葉というだけで照れくさい。

「だが、エリーゼには敵わない」

「え?」

「とても似合っているよ。ドレスも、髪飾りも、すべて。すごく……綺麗だ」

まっすぐ見つめてくるアレックスの熱い視線に、エリーゼの白い肌が一気に赤く染まる。初めてアレックスから言われた褒め言葉は、簡単にエリーゼの心拍数を上げた。

そんなエリーゼを見て、アレックスはどこか嬉しそうに笑う。

エリーゼがまとっているのは、薄桃色をベースとしたドレス。胸元は細やかな刺繍が施され、腰から下は幾重にも生地とレースが重なり、徐々に紫色へとグラデーションがかかっている。

すべての髪を編み上げ、アレックスから贈られた髪飾りをつければ、エリーゼの可憐さを引き立てながら大人の女性らしさも醸し出す、美しい仕上がりとなっていた。

前回の夜会と違うのは、健康的な生活を送ってきたことで女性らしい丸みを帯びた体型になったことと、恋をしたことで表情ひとつひとつが明るくなったことだろう。

本人に自覚はないようだが、エリーゼは以前とは比べ物にならないくらい、女性として魅力的だと、ルーズベルト家の屋敷に仕える者たちは、胸を張ってエリーゼを送り出した。

「……皆に見せずに帰りたいな」

「アレックス様」

アレックスの呟いた言葉に、ソルティアは咎めるような声を放つ。

「じょ、冗談だ。そんな怖い声を出すな、ソルティア」

いまだにアレックスに冷たい視線を送るソルティアに、彼は苦笑いを浮かべることしかできなかった。

やっと落ち着きを取り戻したエリーゼは、アレックスとソルティアの様子を不思議そうな目で見つめる。エリーゼの視線に気づいたアレックスがふっと微笑み、首を傾げたことで、エリーゼは慌てたように口を開いた。

「お褒めいただき、ありがとうございます。本日は、アレックス様の妻として恥ずかしくならないよう頑張りますので、よろしくお願いいたします」

「こちらこそ、よろしく頼む。だが、無理はするな。何かあったら俺を頼ってくれ」

アレックスの眼差しからは、心配の色がはっきりと見て取れる。

「はい。ありがとうございます」

お辞儀《じぎ》をしつつ、エリーゼはわずかに眉尻を下げた。

『何かあったら俺を頼ってくれ』

その言葉はとても心強いものであると同時に、自分は社交界に出るには、まだまだ不安要素が多い存在なのだと突きつけられるものでもあった。

前回の夜会の時と同様、アレックスはエリーゼを気遣って近くにいてくれるのかもしれない。

それはとても嬉しいことではあったが、今はあの時とは違うのだと、妻として役に立たない女ではないのだと、証明したい。何より、アレックスの隣に立ってもいい存在なのだとわかってもらいたい。

アレックスに心配されるほど未熟で、頼りないかもしれないけれど。

エリーゼはすっと顔を上げ、背筋を伸ばした。

「行きましょう、アレックス様」

「あ、ああ。そうだな。行こうか、エリーゼ」

いつもは戸惑いながら触れるアレックスの腕に、エリーゼは自ら手を伸ばし、彼に微笑みかける。

そのことに驚きの表情を浮かべたアレックスだったが、エリーゼの顔を見た瞬間、口角をわずかに上げ、強く頷いた。

「いってらっしゃいませ」

ソルティアの言葉に後押しされ、アレックスとエリーゼは夜会の会場へと足を踏み出した。


高い天井にはいくつものシャンデリアが下がっている。その天井近くまである大きな窓、彫刻のような柱、華やかに会場を飾る花々や、見ているだけでも楽しい軽食の数々。

エリーゼは会場に足を踏み入れた瞬間、フィリクス公爵家で開催された夜会との規模の違いに、目を見開いた。

会場内にはすでに約八百人ほどの貴族がおり、和やかに会話をしているように見せながら腹の探り合いを始めている。

アレックスにエスコートされながら足を進めれば、案の定、ふたりに気づいた者たちから値踏みするような視線を向けられ始めた。

「あれか、ルーズベルト伯爵家に嫁いだという娘は」

「キャスティアン伯爵の娘だとか」

「あの、社交界に出てくることのなかった？　よくルーズベルト伯爵殿を射止めたものだな」

近衛騎士であり、王太子となったジョイルとの結びつきも強いため、多くの貴族がアレックスとお近づきになりたいと考えている。娘を嫁がせたかった者も多かっただろう。

しかし、娘を大切に思う者はアレックスの噂を懸念し、断念。娘は繋がりを作る道具、と考える者はアレックスに近づけたものの、彼がなびかず失敗。

それなのに、アレックスが結婚したという驚きの事実が流れ、その相手がキャスティアン伯爵家の〝姿を見せない娘〟だというではないか。

キャスティアン伯爵家は代々王宮で文官として勤めているが、表立って目立つことのない家であった。しかも、現当主はここ十年ほど領地にこもっていたのに、半年前に再び王宮で働きだした、という変わった経歴を持つ。当主であるエリーゼの父は出世などを考えるタイプではなく、どちらかといえば温厚で、平和が一番、そんなタイプだ。

実際、エリーゼは父親が人の意見を聞かず、自分の意見を押し通そうとする姿を見たことがなかった。アレックスに娘との結婚を迫った時が、初めてなくらいだった。

そういうわけで、多くの貴族がどうしてキャスティアン伯爵家の娘が、アレックスという難攻不落かつ、優良物件の妻になれたのか。何か目的があるのかと興味深げに探っていた。

エリーゼは今までに何度も経験してきた、嫌悪や嫉妬の含まれた視線を感じ始める。大事な夜会ということもあり、ローゼリア王国のほとんどの貴族が集まったこの会場には、アレックスと噂になった見目麗しい女性たちやアレックスに憧れていた女性たちももちろん集まっていた。

その視線の多さに内心おののいたエリーゼであったが、顔を下げることなく懸命に胸を張って足を進める。

正直、エリーゼに余裕などない。その証拠に、心配そうに向けられるアレックスの視線に、エリーゼは全く気づかなかった。

周りから声をかけられ始め、アレックスは知り合いなどと挨拶し合う。

当然、一緒にいるエリーゼも言葉を交わす。

緊張しながらも、笑顔を絶やすことなく会話するエリーゼをアレックスが嬉しそうに眺め、時にフォローをしながら順調に挨拶は進んでいく。

前回の夜会でのアレックスとエリーゼを知っている者には、ふたりの変化がよくわかった。

互いの距離がとても近いのだ。歩く時に男性の腕に女性が手を添えるのは普通だが、立ち止まると、アレックスは常にエリーゼの腰に手を回している。見方によれば何かから守っているようにも見えるその立ち姿は、アレックスの気持ちを充分表していた。

エリーゼもほんのり頬を染めるものの、拒絶することなく受け入れている。

ふたりの、どこか初々しい姿に頬を緩める者も多くおり、会話の中で目を合わせ、微笑み合う姿はとても好ましく映った。

突然、ホールに大きな音が響き渡る。両陛下、そしてジョイル殿下、バルト殿下の登場だ。

厳かな音楽とともに壇上脇から現れた王族たちに、皆がこうべを垂れた。続いて国王の言葉があり、第一王子ジョイルを王太子にすることを、今一度高らかに宣言し、場内は盛大な拍手に包まれる。

王太子となったジョイルの言葉を聞きながら、エリーゼはアレックスを盗み見た。

ジョイルにまっすぐ向けられた瞳は、今見ている光景を目に焼きつけんばかりに真剣で、どこか寂しそうにも見える。

友人としても、仕える者としても喜んでいると思っていたエリーゼは、つい声をかけたくなった自分を慌てて抑えた。

国王の言葉で本格的に夜会が始まる。

ホールには音楽が鳴り響き、中央では色とりどりのドレスを身にまとった女性と男性が華麗にステップを踏んでいる。

一気に華やいだ会場に目を奪われたけれど、再び挨拶回りの始まりだ。

エリーゼにとっては、初めて会う貴族が多く、今回の夜会は挨拶だけで終わってしまうのではないかと思ってしまう。

それでも、途中で飲み物を用意してくれたり、休憩させてくれたりと、アレックスはエリーゼに気を遣ってくれる。

それだけで、頑張ろうという気になれた。そこに、社交界が苦手だと避けていた頃の姿はない。

しかし、エリーゼにとって問題だったのは、予想通りアレックスがエリーゼから全く離れないことだった。前回のように飲み物を取りに行くこともない。通りがかった給仕係に頼み、持ってきてもらうのだ。

やはり心配をかけている。この数時間で、挨拶は普通にこなせていると思っていたのに、まだアレックスから合格点をもらえていないのだろうか。エリーゼは不安になっていた。

エリーゼはこの夜会で、アレックスが自分につきっきりになるとは予想していなかった。彼がいない間に、女性たちに何かを言われるだろうことすら覚悟していた。まさかアレックスが、『今までの自分の女性関係のせいで、エリーゼに迷惑がかかってはいけない』と考えているとは、思ってもみなかったのである。

（妻としてやれることはやっているつもりなのに……）

エリーゼは視界の端に、アレックスの友人たちが集まっているのを捕らえ、小さくため息をついた。その様子にアレックスは敏感に反応する。

「どうした？　疲れたなら休むか？」

「い、いいえ、違います。その、あちらでご友人方が集まっていらっしゃいますが、アレックス様は行かなくてよろしいのですか？」

エリーゼの言葉に、アレックスは思い切り眉を寄せる。

それを見たエリーゼは、『しまった』と思った。自分のせいで行けないのに、なんてことを言ってしまったのか。

「も、申し訳ありません。私が妻としてまだまだ未熟なせいで、アレックス様にご迷惑をおかけしてしまっているのはわかっております」

「エリーゼ？」

「もっとアレックス様に安心していただけるよう、頑張りますので――」

「エリーゼ！」

「っ！」

アレックスに両肩をつかまれ、エリーゼははっとした。

目の前のアレックスは困ったような顔をしていて、周りは何かあったのかとこちらの様子を窺い始めている。

幸い会場の端だったこともあり、気づいている者は少なかったが、隣にあった窓に映る自分の顔を見てエリーゼは愕然《がくぜん》とした。

目元に涙が滲んでいる。傍から見れば、アレックスが妻であるエリーゼを泣かせたようにも見える。

エリーゼは咄嗟に顔を伏せて、「化粧を直してきます」と告げて会場から飛び出した。後ろからアレックスの声が聞こえた気もしたが、エリーゼは動揺でそれどころではない。

「なんてことをしてしまったの……アレックス様に認めてもらうどころか、恥をかかせてしまった」

口からこぼれ出た言葉は、とても小さく震えていた。後悔があとからあとから襲ってきて、エリーゼを飲み込んでいく。

アレックスは嫌がる素振りを見せることもなく、エリーゼのフォローについてくれていたというのに、『認められたい』という一心で、アレックスの気遣いを無駄にしてしまった。エリーゼの言葉を受けた時のアレックスの表情を思い出し、彼女は自らを抱きしめる。

「どうか……どうか、嫌わないで」

人気のない小さな庭に辿り着いたエリーゼは、脱力してベンチに座り込んだ。

もしあの時、アレックスに止められなければ言い訳がましい言葉とともに、自分を本当の妻として扱って欲しい、と勝手なお願いを口にするところだった。そう思うと、エリーゼはぞっとした。

結局エリーゼにとっては、女性や周りの視線などよりも、この夜会でアレックスに認められることが一番重要だったのである。今まで妻として何かできたわけではないからこそ、ルーズベルト伯爵夫人として恥にならない存在になりたかった。アレックスに邪魔だと思われたくなかった。

好きな人に嫌われたくない。好きな人を取られたくない。だから頑張る。

「……なんて自分勝手なんだろう」

エリーゼは情けなくなって頭を抱えた。その時、背後に近づいてくる人の気配を感じて顔を上げる。

「本当にあなたは自分勝手だと思うわ」

刺々《とげとげ》しい言葉とともに現れたのは、前回の夜会でエリーゼに『アレックスと別れろ』と言い寄ってきたご令嬢たちだった。

華やかな扇で口元を隠し、不機嫌さを露《あら》わにした美女が三人。皆、前回の夜会同様、身体のラインを強調するようなドレスをまとっている。

エリーゼは慌てて立ち上がると、身なりを整えて向き合った。正直、今は一番会いたくなかった相手。美しい彼女たちに立ち向かうには、先ほどの失態といい、今の崩れた化粧といい、強気でいけるものが何もないのだ。

「このような場所でのご挨拶、失礼いたします。エリーゼ・ルーズベルトと申します。以前お会いした際、ご挨拶ができず申し訳ありませんでした」

「別にいいですわ。あなたにルーズベルトと名乗られるなど、不快ですもの」

「そうですわ。わたくしたちの忠告も聞かず、いまだにアレックス様の妻気取りだなんて」

「早く別れなさいな」

エリーゼの挨拶など必要ないとばかりのその様子で、エリーゼは悟った。エリーゼなど、名乗る価値もないと考えているに違いない。

きっとエリーゼがひとりになるのをずっと窺っていたのだ。アレックスの前ではエリーゼを責められないからと、あとを追ってきた。そうしてまで伝えたかった内容は、やはり『アレックスと別れろ』……それだけ。

「――せん」

エリーゼは、ボソリと呟くように言葉を発した。

「何？」

「私はアレックス様と別れたくありません」

顔を上げ、しっかりと視線を合わせて二度目の言葉を放ったエリーゼ。

令嬢たちの目が、次第に吊り上がっていく。

「身のほど知らずもいい加減になさい！　あなたのような女が、アレックス様のそばにいてはならないのです」

「アレックス様は将来有望なお方。そんなお方の妻には、わたくしたちのように貴族の繋がりを多く持ち、品格も、美しさも持ち合わせた者がなるべきですわ！」

「でも、私は――」

「何よ。あなたに何があると言うの」

エリーゼは、令嬢たちの意見はもっともだと思った。アレックスのような将来有望な人物の妻は、貴族の繋がりも、器量も、美しさも持ち合わせた人がふさわしい。そして、自分にはそれらがないことも理解している。

それでも、言っておきたいことがあった。

「私はアレックス様を愛しております！」

一瞬、その場の空気が止まった。

エリーゼは決して、自分がアレックスの妻なのだと言いたいわけじゃない。ただ、前回の夜会の際には、堂々と口にできなかったこの気持ちを伝えたかった。

一方、令嬢たちは『何を言いだすのか』といった表情を浮かべる。

「皆様がアレックス様を愛していらっしゃるように、私もアレックス様を愛しているのです」

「あ、あなた……わたくしの想いと同じだとでも言いたいの？　信じられないわ。あなたの愛などわたくしの愛と比べれば小さなものよ。わたくしはあの方でなくてはいけないの。あの方でなければ嫌なのよ！」

「シ、シンシア様？」

「少し落ち着かれては……」

癇癪《かんしゃく》を起こしたように叫んだ金髪の女性を、両脇に立つふたりが宥めようと声をかける。

けれど、シンシアと呼ばれた金髪の女性は、ふたりを睨みつけた。

その様子を見ていたエリーゼは、金髪の女性がアレックスに想いを寄せる女性として有名な公爵令嬢、シンシア・ワークテイル嬢だと気がついた。

「わたくしとアレックス様は愛し合っていたの。彼はいつも、わたくしを美しいと褒めてくれた。優しくしてくれた。それなのに……それなのに！　あなたがわたくしから彼を奪ったのよ！」

夢見る乙女のような表情から一変して、怒りを露わに眉を吊り上げたシンシアが、一歩一歩エリーゼに近づき、声を荒らげる。

その鬼気迫る表情に、エリーゼは後退ろうとしてベンチにぶつかった。

「……奪った」

エリーゼにとって、一番耳の痛い言葉だった。アレックスから愛する人との未来を奪ったのは、間違いなくエリーゼだ。

それでも、最近のアレックスの様子を見て、自分が拒絶されていないと思ったエリーゼは、わずかな望みにかけてみようと自分の恋心を受け入れた。

しかし、アレックスと愛し合う未来があったかもしれない女性から直接『奪った』と言われては、さすがにグサリとくる。結局、自分のいいように解釈していたに過ぎないのかもしれない、と。

シンシアはエリーゼが言い返さないのをいいことに、次々と言葉の矢を浴びせる。

「わたくしは学院にいた時から、ずっとアレックス様を見つめてきたの。アレックス様はその美しい容姿だけでなく、剣の才もあり、頭もよく、とてもお優しい方。次期当主となることも決まっていたわ。すぐに彼こそがわたくしにふさわしいお相手だと思った。もちろん、国母となることも考えたけれど、当時はジョイル殿下とバルト殿下、どちらが王位を継がれるのかわからなかったですし――」

「お、お待ちください！」

「なんですの？　あなたは人の話を最後まで聞くこともできないのかしら？」

悠々と語っていたシンシアは、突然言葉を挟まれたことに不愉快さを露わにした。

だが、エリーゼは驚きのあまり、その様子に気づかない。大きく目を見開き、固まっていたエリーゼは、微かに震える唇を一度固く結んだ。そして、小さく息を吸い込んで、意を決したように口を開いた。

「シンシア様は条件がよければ、ジョイル王太子殿下でもよろしかったのですか？」

「何を言っているの？　貴族令嬢というのは、美しい物を身につけ、美しい姿でいるもの。そして流行りを広め、国を盛り立てる。それらができてこそ価値があるのよ。自分の実力を最大限活かすためには、それ相応の相手ではないと」

「……重要なのは、地位や財力ということですか？」

「さっきから、あなたは何を当たり前なことを聞いているの？　地位がなければ輝く舞台に立てないし、財力がなければ美しい物を買えないじゃない。もちろん容姿だって、わたくしの隣に立つのにふさわしい方でなければいけないわ」

衝撃的な言葉の数々に、エリーゼは今にも座り込んでしまいそうだった。

これを愛だと言うのだろうか。いや、恋を知らなかった頃のエリーゼであれば、それが好きな相手を見つける基準になるのかと納得していたかもしれない。けれど、今のエリーゼでは到底そうは思えない。

どちらかといえば、アレックスに対するシンシアの感情は愛ではなく、執着のような気がする。私が選んだものなのだから私のものだ。そう言っているように聞こえる。

エリーゼは、シンシアから目を逸らすことなく静かに問いかけた。

「それは愛なのですか？」

「な⁉」

「いい条件の相手のもとへ嫁ぎたいという気持ちはわかります。でも、それは暗に、『欠点が出てくれば選ばない』と言っているようなものではありませんか？」

「それが何よ。アレックス様に欠点などないじゃない。あるといえば、あなたくらいよ！」

エリーゼはもう、シンシアの怒りを含んだ言葉を受けても後退りしない。エリーゼの中に芽生えたのは、『負けたくない』ただそれだけだった。

「確かにアレックス様に、欠点はないかもしれません。でも、私は今のアレックス様から何かが失われたとしても、ともに生きたいと思います！」

「やっぱり……やっぱりあなたのせいだったのね！」

「っ⁉」

エリーゼの言葉にシンシアは突然声を荒らげ、手にしていた扇を振り上げた。

突然のことに驚いたエリーゼは、逃げることができない。襲ってくるであろう痛みに耐えようと目を閉じた彼女は、耳を疑うような叫び声を聞いた。

「あなたのせいで、アレックス様は騎士を辞めるのよ‼」

シンシアの言葉を受けて唖然としていたエリーゼに、扇が振り下ろされることはなかった。

もちろんエリーゼが止めたわけではない。エリーゼにとっては聞き慣れた、しかし初めて出会った頃のような温度のない声が、一瞬でその場の空気を冷やしたからだ。

「何をしている」

近くから聞こえてきたわけでも、叫んでいるわけでもないその声は、静かに夜の空気を震わせ、荒ぶっている女性たちを凍りつかせる。

ゆっくりと目を開けたエリーゼは、扇を振り上げたまま固まっているシンシアと、冷たく鋭い眼差しで近づいてくるアレックスを視界に捕らえた。

そのままエリーゼを守るように立ったアレックスの背に、声をかけようとする。だが、表情が見えないにもかかわらず、アレックスから怒りの感情が伝わってきて、思わず口を閉じた。

「何をしているのかと聞いているのですが。シンシア様、お答えいただけますか？」

「そ、それは」

扇を握っている手をゆっくりと下ろしたシンシアは、アレックスの問いに一瞬目を泳がせるも、意を決したように彼の目を見つめ返した。

「わたくしは、アレックス様を諦めることができないのです。あなた様を愛しておりますから。ですからエリーゼ様に、その立場を譲ってはいただけないかと相談しておりました」

「相談中に扇を振り下ろそうと？」

抑揚のないアレックスの声が、シンシアに向けられる。

「少し気持ちが高ぶってしまって……そのことに関しては申し訳なく思っております」

エリーゼに向けた高圧的な態度とは打って変わり、か弱く儚い女性へと変貌したシンシアを、エリーゼはなんとも言えない気持ちで見つめていた。

シンシアの本当の姿がどれなのかわからない。

先ほどまでは確かにアレックスの地位や財力などを目的にしていたように思えるが、今のシンシアはどう見ても、ただアレックスを慕う女性にしか見えないのだ。

ここまで熱烈な愛情を向けられ、アレックスはどう思うのかとエリーゼは不安でたまらなかった。

一方シンシアは、静かに耳を傾けてくれているアレックスに、自分を売り込むのは今だと思っていた。

もちろんアレックスから怒りの感情は感じていたが、以前のような殺気立った雰囲気を向けられているわけでもない。止めには入ったが、エリーゼに心配の声をかけたりもせず、ましてや最初に自分に声をかけてくれた。

そのことにささやかな優越感さえ感じていた。

「以前、わたくしはアレックス様にお伝えいたしました。あなた様のすべてを愛していると。今もその気持ちは変わらないのです」

「それは大変光栄なことですが……」

シンシアは期待の眼差しをアレックスに向け、うつむき加減で話を聞いていたエリーゼの肩はわずかに揺れる。

「私は本日をもって騎士ではなくなりますが、それでも私を好きでいてくれるのですか?」

アレックスの言葉に勢いよく顔を上げたエリーゼは、睨みつけてくるシンシアと目が合った。

アレックスに欠点などないと信じて疑わないシンシアは、理解しがたいアレックスの決断を、すべてエリーゼのせいだと結論づけていたのだ。

シンシアからの侮蔑の眼差しを受け、エリーゼからサッと血の気が引いていく。

「それはエリーゼ様のせいなのですよね？　でしたら、わたくしと結婚してくださいませ。わたくしなら、騎士として領主として忙しいアレックス様を支えてあげられます。貴族たちとの繋がりも屋敷の中も、わたくしならしっかりと守っていけます」

アレックスは答えることなく、無言でシンシアを見つめていた。

エリーゼはそれだけで理解する。やはり私はアレックス様の妻としては役に立てないのだ、と。

どれだけ頑張っても、結婚するまで屋敷から一歩も外に出ることのなかったエリーゼに、貴族としての繋がりはない。ペイソンやソルティアなしでは屋敷のこともわからない。夜会では挨拶だけで手一杯で、ひとりひとりの顔すべてを覚えているわけでもない。騎士としても領主としても働いているアレックスを、支えられたことなど一度もない。

何もないのだ。エリーゼは命を、自由を、初めての恋を。アレックスに与えてもらっただけで、何も返せていない。

それに、エリーゼのせいで騎士を辞めるというのも、思い当たる理由がある……予知夢だ。

エリーゼが予知夢を見ないよう、アレックスは真夜中までに屋敷に帰ってこなければならない。

それは王族を護衛するアレックスには難しいことだろうとエリーゼは気づいていた。

今はまだ結婚して数ヶ月も経っておらず、周りは気を遣って早く帰してくれるだろうが、そう我がままを言っていられなくなるだろう。

遠出の際などはアレックスもついていかねばならないだろうから、エリーゼも眠れない日々を送ることになる。結局、エリーゼはアレックスの邪魔にしかならないのだ。

じわりと目元が濡れそうになるのを必死に我慢し、エリーゼは身を引く覚悟をした。

自分の幸せよりもアレックスの幸せが一番だと、今なら思える。

意を決したように短く息を吐き、エリーゼはその場から去ろうとして――止められた。それは言葉ではなく、物理的に。

「どこに行く」

エリーゼの腕をつかんだのは、厳しい訓練によってゴツゴツしている大きくて温かい手だった。

「アレックス……様？」

慌てて見上げたエリーゼの目に飛び込んできたのは、どこか頼りなさげな表情のアレックス。しかし、それも一瞬のことで、すぐに凛とした表情に戻ると、躊躇することなくエリーゼを自分の横に引き寄せて肩を抱く。

されるがままのエリーゼは困惑し、シンシアは目の前の光景に目を見開いた。

「どういうおつもりですの？」

「どういうつもりも何も、私の妻はここにいるエリーゼ、ただひとりです」

アレックスの言葉を受けたシンシアの顔が、みるみる赤く染まっていく。それが怒りから来るものであることは、エリーゼとてわかった。

「ですが、それではアレックス様が騎士ではいられなくなるではないですか！　そうまでして、エリーゼ様が妻である理由などないでしょう⁉」

我慢ならずに叫ぶシンシアに、アレックスは小さく首を横に振った。

「シンシア様は勘違いされている。私が騎士を辞めるのは妻のせいではありませんし、私が妻に求めるものは貴族の繋がりなどでもありません」

「ではなぜ、なぜ騎士を辞めるのですか？　王太子殿下の近衛騎士といえば騎士の憧れ。なりたくてなれるものではないのです。その名誉を捨てるのですか？　それに、アレックス様が妻に求めるものとは、なんなのですか？　わたくしにはなくて、エリーゼ様にはあると言うの⁉」

感情の高ぶりとともに淑女としての仮面がはがれ、怒りの形相を浮かべるシンシア。

アレックスは穏やかな海のように澄んだ瞳で、冷静に彼女を見つめていた。

エリーゼはといえば、アレックスに肩を抱かれるという恥ずかしい状況ながら、シンシアと同じことを思っていたため、アレックスの答えが気になって仕方がなかった。

アレックスが『妻はエリーゼだ』と言った時はホッとしたが、シンシアからぶつけられた言葉の数々が胸に引っかかり、素直に喜べない。

それどころか、アレックスが騎士を辞めるという、重大なことも知らされていなかった。アレックスはエリーゼのせいではないと言うが、それならば、なぜ自分に教えてくれなかったのかと心が揺れる。

「私が騎士になったのは、地位や名誉のためではありません。ただ、友との約束を守るためです。その約束は今日果たされた。だから騎士を辞めるのです」

「そ、そんなことで騎士を辞めると言うの？　そんなのおかしいわ！　たとえ約束が果たされても、アレックス様ほどの腕の持ち主なら、騎士団は残留を望むはずです！」

「そんなこと？　私にとってこの約束を果たすことは誇りなのです。それを『そんなこと』と片づけられては不愉快だ。だが、今の言葉ではっきり理解しました。シンシア様が騎士を辞めた私についてくる気がないということを。私が妻に求めるものは癒しです。貴族の繋がりがなくても、仕事の手伝いができなくても一向にかまわない。ただ私自身を見つめてくれる人が隣で笑い、泣き、喜び、一生懸命に生きていてくれるだけでいい。そばにいてくれるだけでいい」

エリーゼの肩を抱くアレックスの手に、力が入る。

「これ以上は、この場で言いたくありません。先に伝えたい人がいるのです。ですから、これで失礼いたします」

そう言うや否や、アレックスはシンシアたちに背を向ける。

もちろん肩を抱かれているエリーゼはアレックスについていくしかなく、何かを言っているシンシアたちに軽く頭を下げることしかできなかった。

枝垂桜に誓う

シンシアたちと別れ、無言のままのアレックスにエリーゼが連れてこられたのは、フェデルシカとウォーレルの思いがこもった、枝垂桜のある王宮の裏だった。

辺りに明かりはないが、雲ひとつない夜空に浮かぶ月の光が、枝垂桜をうっすらと浮かび上がらせ、林の先からは王宮から溢れる光や夜会の音楽が漏れ聞こえる。

口を開かないアレックスに、エリーゼはなんと声をかければいいのかわからない。夜会から飛び出したことを謝るべきか、先ほどの出来事の説明をするべきか。助けてくれたことに感謝の言葉を述べるべきか、なぜここに来たのか尋ねるべきか。

アレックスの背を見つめながら、懸命に正しい答えを導き出そうとしていたエリーゼは、振り返った彼と視線が絡み、思考が停止した。

月の光で浮かび上がった青い瞳には、覚悟の色が窺えた。

エリーゼは緊張のあまり、一瞬息が止まる。

「ここに立ち入ることは、殿下から許可をもらっているから心配ない。王族のみしか知らない場所だが、関係する俺たちは入ってもよいと言われている」

開口一番にアレックスが告げたのは、王族しか知らない抜け道を通らなくてはいけない場所に、勝手に来ていることへの釈明だった。

エリーゼの緊張した様子を、アレックスは勝手に入ったことに戸惑っているからだと勘違いしたようだ。

「そ、そうだったのですね。アレックス様、あの、先ほどは申し訳ありませんでした」

エリーゼの頭の中はパンク寸前。夜会でのこともシンシアのこともすべてまとめて謝ってしまう。

そんなエリーゼに、アレックスは首を振ってみせる。

「エリーゼが謝る必要などないだろう」

「そんなことはありません！」

反射的に出てしまった大きな声に驚き、エリーゼは咄嗟に口元を手で覆う。心の中にあった不安が噴き出してしまった感覚だった。

そう、いつだってエリーゼは不安だった。誰もが賞賛するような存在であるアレックス。彼のそばにいられるのは、彼の妻でいられるのは予知夢のおかげであり、彼の優しさのおかげだ。

結婚当初から、あんなに遠ざけようとしていたエリーゼをアレックスは冷たい態度であしらいながらも、困った時には手を差し伸べてくれた。エリーゼの身体を心配し、約束を守り続けてくれた。

すべての行動からアレックスの優しさが伝わってきて、惹かれていき、そして不安になった。

いつも優しい言葉をかけてくれるアレックスの、本心を知りたい。でも自信なんてなくて、本心を聞く前に自分のできることをやって、アレックスに認められてからにしようと逃げた。

それなのに、気合いを入れて挑んだ夜会は散々で、ライバルである女性たちには言い負かされ、アレックスに助けられる始末。これのどこに、謝る必要がないと言える要素があるのだ。

「謝らなければいけないのは俺のほうだ。俺の過去に、君を巻き込んだのだから」

「アレックス様の、過去？」

困惑した表情を浮かべるエリーゼに、アレックスは小さく頷く。

「エリーゼも知っているだろうが、今まで俺は多くの女性と付き合ってきた」

知っているとはいえ、直接アレックスの口から聞くと複雑な気持ちになるが、エリーゼは黙ってアレックスの次の言葉を待つ。

「愛する人とともに生きたい……俺は貴族として生まれたなら望んではいけないだろうことを望み、相手を探していた。結局いつもうまくいかず、相手を傷つけ、見つけられないまま」

「……見つけられなかった」

「いや、結果的には見つかった。しかし、俺が振り回し続けた女性たちの中からではなく、一番遠ざけようとしていた相手に惹かれていったんだ」

エリーゼはアレックスの瞳に絡め取られたように、彼から目が離せない。

「俺は、どうしようもなくエリーゼに惹かれている」

「……え？」

アレックスの言葉に思考が追いつかない。何度も頭の中で繰り返されるアレックスの言葉を噛みしめた途端、全身が一気に熱を帯び、心臓は激しく波打つ。自分の頬が赤くなっていると思ったエリーゼは、顔を隠すようにうつむいた。

「勝手だと思われても仕方がない。ひとりで嫁いできて不安だっただろうエリーゼにひどい接し方をしたし、俺の過去の行いのせいで先ほどのような不快な思いもさせた。だが、俺の命を救うために命をかけてくれるエリーゼを、俺の前でいろいろな表情を浮かべるエリーゼを、俺は手放せない」

アレックスの両手がそっとエリーゼの頬を包み、驚いて顔を上げたエリーゼと視線が絡む。

「エリーゼを愛してる。どうか俺に君の心を聞かせてくれ」

熱を帯びた青い瞳をエリーゼへと向け、真剣な表情でアレックスは想いを告げる。

その言葉を聞いたエリーゼの心は震えていた。悲しみや不安ではなく、喜びによって。頬に伝わる温かさが、エリーゼに夢ではないと教えてくれる。

込み上げてくる感情が喉を震わし、息を吸うのもやっとの状態で、思うように言葉にならない。それでもエリーゼは、伝えたくてたまらなかった。知ってほしかった。

「……私もずっと、お慕いしておりました。アレックス様を……愛しております」

唇が震え、小さかったエリーゼの声をアレックスはしっかり聞き取った。それと同時にエリーゼの身体を強く抱きしめる。

もう我慢する必要はないとばかりに、腕の中にいるエリーゼはアレックスに身を預けた。エリーゼは幸せに浸る。心も身体も満たされている感覚に、アレックスに恋をしてよかったと心の底から思った。

ふと視線を上げたエリーゼの目に飛び込んできたのは、アレックスの肩越しにある枝垂桜。フェデルシカとウォーレルの思いを受け、枯れることなく四百年以上咲き続けてきたそれは、月明かりに照らされ、風が吹くたびに桃色の花々をふわりと揺らす。

その姿に見入っていたエリーゼは、アレックスが離れたことで我に返るが、溢れ出てくる物を止められなかった。

エリーゼの顔を覗き込んだアレックスは一瞬驚くも、視線の先を確認して納得すると、エリーゼの頬を流れる温かな雫を指で優しく拭う。

「行こう」

差し出されたアレックスの手に支えられ、ふたりは枝垂桜のもとへ進んでいく。

「もしエリーゼと心を通わせることができたなら、枝垂桜に、いやフェデルシカ様とウォーレル様に誓おうと決めていたんだ」

「おふたりに誓う?」

「あぁ」

枝垂桜の下に辿り着くと、アレックスはエリーゼと向き合うように立ち、エリーゼの両手を取った。

「私、アレックス・ルーズベルトは、命尽きるまでエリーゼ・ルーズベルトを愛し続け、守り続けることを誓います」

アレックスが結婚式で神に愛を誓うかのように告げるのを見て、エリーゼは目元を緩める。

結婚式の時は神に嘘の愛を告げた。でも、本当の愛を、神ではなく、アレックスに出会わせてくれたフェデルシカ様とウォーレル様に誓えるとは、なんて素晴らしいのだろう。これで少しでも感謝の気持ちを返せるだろうか。

そして何より、アレックスも同じように想ってくれていたのだと思うと、エリーゼは嬉しくてたまらなかった。

「私、エリーゼ・ルーズベルトは、命尽きるまでアレックス・ルーズベルトを愛し続け、支え続けることを誓います」

アレックスの顔がエリーゼの顔へと近づき、唇をさらっていく。

唇から感じる温かさは全身を包み、恥ずかしさを感じるより先に心が満たされていく。とめどなく溢れる想いがアレックスに伝わるように、エリーゼは何度も心の中で愛を呟いた。

ふたりを祝うかのように、桜の花びらが舞い踊る。

四百年の時を超え、予知夢姫と夢喰い王子の願いが叶った瞬間であった。

唇に残る幸せの余韻に浸るエリーゼだったが、大切なことを忘れていることに気がついた。

「アレックス様に伺いたいことがあります」

「なんだい？」

「本日付けで騎士をお辞めになるというのは、本当なのですか？」

「あぁ、そうだ」

アレックスは、平然とエリーゼの問いに答えた。

あまりにも普通に返されたため、エリーゼのほうが唖然としてしまう。あんなにも命がけでジョイルを守っていたというのに、なぜ突然そのようなことになったのか、エリーゼにはわからない。

ひとつだけ気になるのは……。

「私のせいではないのですか？　予知夢によって、アレックス様のお時間を奪ってしまうから――」

「それは違う」

「ではなぜ……教えてくれなかったのですか？」

アレックスにとって騎士を辞めることは、大きな決断だったに違いない。しかし、妻であるエリーゼにとっても重要な事柄だ。エリーゼのせいであったなら、気まずくて言えなかったというのもわかるが、アレックスはエリーゼのせいではないと言う。

アレックスは、エリーゼの問いに目を泳がせた。

その表情を見ただけで、エリーゼの中の消えかけていた不安が蘇る。

「アレックス様」

エリーゼが名を呼ぶと、泳いでいた目が彼女を捕らえた。そして観念したように小さなため息をひとつつくと、ボソリと呟いた。

「勇気がなかったんだ」

「……はい?」

エリーゼは間の抜けた顔で首を傾げる。どういう意味か全くわからなかったのだ。

一方、アレックスは顔に手を当て、肩を落とす。正直、情けなくて仕方がなかった。

「俺が騎士になったのは、学院時代にジョイル殿下と約束したからなんだ。あの頃からジョイル殿下とバルト殿下、どちらが王位を継ぐかで国は荒れ、ジョイル殿下は命を狙われていたからな。だから俺は友として、ジョイル殿下が王太子になるまで騎士として命を守り抜くと約束した」

だからシンシア様に『約束が果たされたから』と伝えたのか、とエリーゼは納得した。そして、夜会の時にアレックスが見せた嬉しいような悲しいような表情は、約束を果たせたことへの喜びと、友と離れることの寂しさから来ていたのかもしれない。

「今日、無事ジョイル殿下は王太子として認められた。俺はお役御免になったんだ」

「そうだったのですね」

エリーゼは、アレックスが約束を果たすお手伝いをすることができたのかもしれない、と少し嬉しくなった。

『お疲れさまでした』という気持ちを込めてエリーゼが満面の笑みを浮かべれば、つられたようにアレックスも微笑む。

が、肝心なことが聞けていないとエリーゼは気づく。

「それで、なぜ私に教えてくれなかったのでしょう？」

「あ、あぁ……それはだなぁ」

ごまかしきろうとしていたアレックスは苦笑いを返すが、エリーゼに折れる様子がないと悟ると、諦めたように口を開いた。

「本当は何度も言おうとしたんだが、俺が騎士ではなくなったらエリーゼはどう思うだろうかと考えると、なかなか言いだせなくてな」

「え？」

「俺の価値なんて、容姿を除けば騎士としての地位と爵位だけ。爵位はエリーゼと同じだから、騎士としての地位がなくなったら――」

「それは……」

「エ、エリーゼ？」

顔を伏せ、わずかに震えているエリーゼを見てアレックスは慌てた。もしやまた泣かせてしまったのではないかと心配したのだ。

しかし、アレックスの心配は杞憂に終わる。

顔を上げたエリーゼは、うっすら涙をためた茶色の瞳を吊り上げ、アレックスを睨みつけたのである。

「それは、私がアレックス様の騎士としての地位や、爵位目当てだと言いたいのですか⁉」

「あ、いや、違っ」

アレックスは、完全に墓穴を掘った。確かにアレックスが過去に知り合った女性の大半は、彼の容姿や騎士としての地位につられて近づいてきた。

そして、アレックス自身もそういうものなのだろうと半ば諦めかけていた。だからこそ、真実の愛を見つけ出すことができなかったのだが。

「そんな風に思われていたなんて、私悲しいです」

「すまない、エリーゼ。違う、違うんだ。そういう風に見ていたわけではなく、ただ……」

「ただ？」

「エリーゼが離れていってしまったらと思うと、怖かった」

騎士として尊敬される威厳も、凛とした男らしさもなく、どうしたらいいんだと困ったようにうつむくアレックス。

その姿を目の当たりにしたエリーゼは、我慢できず小さく噴き出した。次第に笑いは深まり、こらえきれず声が漏れる。アレックスが怪訝な表情を向けてきたが、エリーゼは笑いをなかなか止められなかった。

なぜなら、アレックスのこんなに可愛らしい姿を見られるのは、自分だけなのだと思ったから。貴公子として甘く上品に振る舞う姿でも、騎士として勇敢に立ち向かう勇ましい姿でもない。そこにいるのは、ありのままのアレックスなのだ。

「エリーゼ」

アレックスが、どこかふてくされたように名を呼んでくれて、エリーゼはそれだけで胸が温かくなり、締めつけられる。

「ごめんなさい。でも、私がアレックス様から離れることなんてありませんよ。私たちが一緒にいるのは、運命なんですもの」

幸せ溢れるエリーゼの笑顔に引きつけられるように、アレックスはエリーゼの額に唇を落とした。

「これからは領主として、父や叔父が守ってくれた領地を俺が守っていく。だから領地で暮らそうと思うんだ。王都のような賑やかさはないけれど、自然が多くて領民も温かい。エリーゼなら気に入ってくれると思うのだが、ともに来てくれるか？」

「ええ、もちろんです」

予知夢を見ることで未来が見えなかった少女は、苦くて甘い恋を知る。

多くの愛に囲まれながらたったひとつの愛を求めた少年は、身近に隠れた愛を知る。

ふたりを運命に導いたのは、ただ愛する人とともに生きたいという願い。その願いは長い歳月を経て、ふたりの未来を照らし、その先をも守り続けることだろう。

予知夢が導く運命をあなたと

夜会に戻ったアレックスとエリーゼはジョイルのもとへ向かい、気持ちが通じ合ったことを報告した。

エリーゼの両親と弟にも、会うことができた。

彼らは、社交界でのよくない噂を数多く持つアレックスとエリーゼの結婚生活を、心配し続けてくれていたようだ。しかし、ふたりの仲睦まじい姿とエリーゼの笑顔を見て安心したようだ。

その反応に、アレックスは申し訳なさそうな表情をエリーゼに向けていたが、エリーゼは気にしていない。今が幸せなのだから、それでいいのだ。

想いが通じ合って、初めて迎えた夜。

エリーゼとアレックスは、初めてベッドでお互いの素肌に触れた。最初は緊張のあまり固まっていたエリーゼも、甘く優しい口づけと心に響くアレックスの言葉に酔いしれていく。

心も身体も満たされたふたりは、幸せを噛みしめながら眠ったのだった。

翌朝、アレックスの腕に抱きしめられた状態で目覚めたエリーゼが、言葉にならない悲鳴をあげていたことをアレックスは知っている。その反応が可愛すぎて抱きしめる力を強めたら、嬉しそうに笑っていたことも。


夜会後は、忙しい毎日だった。

領地にも屋敷があるとはいえ、定住するとなると荷物の量は桁違《けたちが》い。

エリーゼは慣れないながらもソルティアに助言をもらいつつ、夫人として懸命に指示をする。なんとか荷物をまとめ、引っ越しの準備を整えることができた。

ほとんどの使用人たちは領地へついてきてくれる。もちろんペイソンやソルティアもだ。庭師のハルクレットだけは、王都の屋敷の庭を守るために残ることになった。

エリーゼにとってはとても寂しいことだったが、ハルクレットは「ライラックの木とともにお待ちしておりますから」と笑顔で告げた。

領地の屋敷の庭師はハルクレットの息子がやっているそうで、エリーゼもともに庭の手入れができるよう言づけておく、と約束までしてくれた。

——そして、領地へと向かう日。

アレックスとエリーゼは、屋敷の前に立っていた。

エリーゼにとっては、数ヶ月しかいなかった屋敷。それでも今まで得ることのなかった経験を多く積んだ、思い出深い場所だ。

また社交シーズンになれば戻ってくるとわかっていても、感慨深い気持ちになる。

そしてアレックスもまた、たくさんの思い出の詰まった屋敷を静かに眺めていた。

唯一、両親との思い出が残る屋敷。そこから離れる決断をする時が本当に来ようとは、少年時代のアレックスは考えもしなかっただろう。そう決断させてくれたのはほかでもない、愛する妻が隣にいてくれるからだ。

「エリーゼ」

「はい」

「これからもずっと一緒に生きていこう」

意志のこもった真剣な眼差しを向けるアレックスに、エリーゼは頷き返す。

愛する者がそばで生きていてくれる……それが当たり前のようで当たり前ではないことだと、教えてくれた人がいる。

「あなたのそばでなら、私は生きられます」

いつも死が隣にあった。未来なんて見えなかった。

でも今は、何もなかった未来に希望を与えてくれた人がいる。

「本当に感謝しています」

エリーゼの未来を懸命に探してくれた両親。命を未来に繋げてくれたロゼッタ。温かく迎えてくれたルーズベルト家で働く皆。運命を導いてくれたフェデルシカ様とウォーレル様、すべての人に。

そして何よりも——。

「アレックス様に出会えたことに」

「俺もだ」

どちらともなく微笑み合うと、アレックスがエリーゼに腕を差し出す。

躊躇することなくその腕を取ったエリーゼは、馬車へと歩きだそうとして足を止めた。アレックスが「どうした？」と心配の声をかけると、我に返ったエリーゼは「なんでもないです」と首を横に振り、再び歩きだす。

エリーゼは思い出していた。この光景がエリーゼの見たアレックスとの運命を決定づける、予知夢のシーンだったことを。

（あぁ、私、こんなに幸せな未来を見ていたのね。予知夢を見られて本当によかった）

特別書き下ろし番外編

ルーズベルト領に越してきて約四ヶ月。

最初の頃は、初めての土地や人々に緊張していたが、ずっと領地を離れていたアレックスのことも妻であるエリーゼのことも、領民たちは温かく迎え入れてくれた。

ルーズベルト領は山も海もあり、農業漁業で発展した地である。ローゼリア王国は小さな国で、海に面している領地は数少ない。そのため、ほかの領地よりも資源が豊かで、領民たちは飢えることも仕事に困ることもない。

それもこれも、アレックスの叔父のベネリスが、よき領主として統治してくれていたからであり、それに応えるように領民も頑張ってくれたからだ。

そのベネリスから領主を引き継いだアレックスは、慣れない仕事を懸命にこなしている。

「でも、頑張りすぎは禁物。そろそろ休憩の時間かしら」

エリーゼは紅茶セットとお菓子を、執務室へ自ら運ぼうと準備を始めた。

アレックスは忙しい。領民の様子を視察しに行ったり、私兵に訓練させせたり、たくさんの書類に目を通したりと、アレックスにしかできないことが山のようにあるのだ。だから、近衛騎士をしていた頃と違って、同じ屋敷の中で過ごすことが増えたとはいえ、アレックスと顔を合わせられるのは、朝夕食時や寝る前のわずかな時間だけということも多い。

そのため時折、エリーゼは菓子を持って執務室を訪れる。もちろん邪魔にならぬよう、事前にペイソンに確認を取ることは忘れない。そこは伯爵夫人としてわきまえているつもりだ。

コンコンと小さく執務室の扉を叩く。

すると、ペイソンが中から扉を開けてくれた。

「アレックス様。奥様がお菓子を持ってきてくださいましたよ。少し休憩にいたしましょう」

「ありがとう、エリーゼ。それじゃあ、いただこうか」

書類から顔を上げたアレックスは、エリーゼの姿を見つけて表情を和らげる。

艶やかな藤色の髪や、甘さを宿すくっきり二重の青い瞳、優しげな眉。高い鼻に、弧を描く唇。すべてのパーツが計算し尽くされたように配置され、見る者を魅了するアレックス。

その身にまとう優しく儚げな雰囲気は、領地の女性だけではなく、男性からも人気だ。そのことに関して、アレックスはなぜか複雑そうな表情を浮かべていたが、誰からも好かれるのはいいことだとエリーゼは思っている。

椅子から立ち上がったアレックスは一度身体を伸ばし、机の前にあるソファへと移動する。

アレックスの隣に腰を下ろしたエリーゼは、菓子の入った籠《かご》をテーブルに置き、中からひとつ取り出した。

「今日のお菓子はマフィンです。少し形が崩れてしまいましたが」

「エリーゼが作ってくれたのか？」

「皆に手伝ってもらったのですが、いかがでしょうか？」

エリーゼの不安をよそに、アレックスはひと口かじって味わうと、残りもすぐに口に入れてしまった。空っぽになった手は、すでに次のマフィンへ伸びている。

それを見てエリーゼは、クスクスと笑いをこぼした。

「とても美味しい。日に日に腕を上げていくな」

「皆さんが優しく教えてくださるからです」

庭仕事と並行して、エリーゼが今ハマッているのが料理である。

伯爵夫人が厨房に入るなどあり得ないことだが、アレックスはエリーゼが興味を持ったことは、なんでもやらせてくれた。

だから、エリーゼは感謝の気持ちを込めて、一番にアレックスに料理を振る舞う。

「いつもエリーゼにしてもらってばかりだな。そうだ、仕事がもうすぐ一段落するから、そうしたらどこかに出かけよう」

「本当ですか⁉」

パッと花開くように、エリーゼは満面の笑みを浮かべて身を乗り出す。

その反応に、アレックスは目を細めた。

「少し遠くてもかまわないから、行きたい所はあるかい？」

「行きたい所……」

エリーゼは、しばし頭を悩ませる。これといって思いつかない。というのもエリーゼは、知識としていろんな名所を知ってはいるが、実際に行くとなると、選ぶ基準が本の中の情報だけなので決め手に欠けるのだ。

うつむいて「うーん」とうなり始めたエリーゼに、アレックスは苦笑いを浮かべた。焦らなくてもいいと声をかけようとしたが、エリーゼの呟きを拾い、口を閉ざす。

「……海の近くの向日葵《ひまわり》」

「ひま、わり？」

「海の近くで向日葵が咲き誇っている光景を、予知夢で見たことがあるんです。幼い頃だったのでおぼろげなのですが、とても綺麗で、いつか行ってみたいと思っていました。どこなのかアレックス様はわかりますか？」

記憶を引っ張り出していたエリーゼは、返答のないアレックスを不思議に思い、顔を上げた。目を伏せて黙り込んでいるアレックスの名を呼びかけると、はっと我に返った青い瞳と視線が絡む。

「どうかなさいましたか？　顔色があまりよろしくないですが」

「いや、大丈夫だ」

「でも……」

「ちょっと疲れが出たのかもしれないが、もう心配ない。それより、そのエリーゼの言う場所に心当たりがある。往復で二日、景色を見たり観光する日を一日挟んで、三日の工程でどうだろう？」

「泊まりですか？」

「嫌か？」

エリーゼは全力で首を横に振る。アレックスと初めての旅行だ。嬉しくないわけがない。本当なら飛び跳ねんばかりに喜びたいところだが、仕事で疲れているアレックスが遠出などして大丈夫だろうか、とエリーゼは不安を抱いた。

しかし、「心配するな」と言うアレックスに再び詰め寄ることもできず、あっという間に旅行の日取りが決まっていった。


晴れ渡る青空と暖かい風。

まさに旅行日和《びより》となったこの日、アレックスとエリーゼは数名の使用人を連れて旅立った。

カタカタとリズミカルな車輪の音につられて、エリーゼの鼓動も速くなる。

窓から外を覗けば、広大な田園が広がり、その先には青々とした山々が連なっていた。農業に勤《いそ》しむ領民たちの姿が目に飛び込んできて、自然とエリーゼの頬が緩む。

「楽しそうだな」

クスクスと笑いをこぼしたアレックスに、エリーゼは盛大に頷き返す。

「もちろんです！」

「昨日も、なかなか寝つけぬようだったしな」

「き、気づいていらっしゃったのですか……」

恥ずかしさで頬に手を添え、顔を伏せてしまったエリーゼを、アレックスは愛おしげに見つめた。自分との旅行を指折り数え、楽しみにしてくれていたことをアレックスは知っている。

今朝も早起きをして何かしていたようだが、聞いてみても、秘密だと言って教えてくれない。

子供のようにはしゃぐエリーゼ。

しかし、それも当然かとアレックスは思っていた。

幼い頃から部屋にこもっていたエリーゼにとって、この遠出が初めての旅行になるらしい。

それを聞いた時、それならば王都から移動する際にもっといろんな所を見て回ってやるべきだったなと、アレックスは密かに反省していた。

「疲れたら、ちゃんと言ってくれ。休憩する時間はたっぷり取ってあるからな」

「そうなのですか？ それなら、少し外に出たいです」

「よし、少し行った所に食事のできる店があったはずだから、そこで――」

「あ、いえ。自然が綺麗に見える所がいいです！」

珍しくエリーゼが提案してきたことに、アレックスはわずかに驚きを見せたが、すぐに御者に伝える。

しばらく走った馬車は徐々に速度を落とし、川のほとりに停車した。

川底が見えるほど澄んだ小川には小魚が泳ぎ、柔らかな風が草花を揺らす。

植物の優しい香りが鼻を掠め、胸いっぱいに空気を取り込んだエリーゼは、ほぉと感嘆の息を漏らした。

「素敵な所」

「気に入ってもらえたようでよかった。それより、その手に持っている物が秘密の品かな？」

エリーゼが手にしている籠に視線を落としたアレックスは、おどけたような声をあげ、エリーゼの手からサッと籠を奪い取る。

「何が入っているのかな？」

「ふふふ……実は」

川の近くに辿り着いたエリーゼは、籠の中から大きな布を取り出し、草の上に敷く。

そして、そのまま布の上に座ると、小さな箱をいくつか取り出しながら、アレックスに腰を下ろすよう促した。

「アレックス様が小さい頃、よくこうやって過ごしていたと、ソルティアさんに聞いたんです。これも作り方を聞いて、初めてひとりで作ってみました」

そう言ってエリーゼが開けた箱の中には、こんがり焼けたパンに肉や野菜など様々な食材を挟んだ物が並んでいる。

幼い頃よく食べていた料理の登場に、アレックスは目を見開いた。

「最近は領主としてのお仕事で時間に追われていらしたから、人の目を気にせずゆっくりしていただ――きゃっ」

突然視界が奪われ、驚きの声をあげたエリーゼであったが、自分を包む温もりに安堵し、身を預ける。締めつける力が強まり、微かに感じる痛みさえ、愛おしく思えた。

「アレックス様が妻に求めるのは癒し。ならば、私は常にあなた様の隣に立ち、息抜きの場を作ってみせます。私は、頑張り屋のアレックス様が大好きですから」

「……お返しのつもりだったのに、やはりもらってばかりだな」

くぐもったアレックスの声が、エリーゼの首にかかる。

座っているせいで顔が近く、余計に相手の息遣いまでも感じてしまう。襲ってくる恥ずかしさをごまかすように、エリーゼはあえて明るい声を出した。

「私も楽しんでいるのです。ひとりで料理をするのも、草の上に座って食事を楽しむのも、初めてのことですもの」

わずかに身体を離したアレックスの額がエリーゼの額に当たり、エリーゼは彼の青い瞳に映る自分と目が合う。うるさい心臓の音は、エリーゼのものかアレックスのものか。唇に伝わる熱のせいで、その答えは出なかった。

微かなリップ音とともに離れていく温もりを名残惜しく感じながら、エリーゼは閉じていた瞳を開ける。目の前には甘い微笑みをたたえるアレックスの姿があり、エリーゼの体温は再び上昇した。

「それならば、俺はエリーゼにたくさんの初めてを与えよう。エリーゼのしたいことを、隣で見届け続ける」

「はい」

「それじゃあ、いただこうか」

箱に手を伸ばし、つかんだパンにかぶりつくアレックスを見て、エリーゼは目を細める。「美味《うま》い」と明るく笑うアレックスの姿が眩しかった。

川の上を滑り、頬を撫でていく風が、火照《ほて》った身体に気持ちいい。エリーゼはそっと目を閉じた。

川のせせらぎ、草が揺れる音、鳥の歌声。そして何より――。

「一緒に食べよう、エリーゼ」

甘く優しい幸せな音が鼓膜を揺らし、エリーゼの心を満たしていった。

目的の街に辿り着いた頃には夜の帳《とばり》が下り、店にちらほら明かりが灯っている程度であった。

「今日は宿で軽く食事をして、明日のために休もうか」

「そうですね……あれ？　あそこはなんでしょうか？」

エリーゼが指差す先には、ひと際賑わいを見せる一軒の店があった。食事処のようにも見えるが、それにしては人の出入りが多い。

アレックスは一瞬顔を歪めたが、何かに気づいたのか「あぁ」と声を漏らした。

「多分あそこは小劇場のある店なんだろう。小さな舞台があって、そこで歌ったり芸をしたりする者を眺めながら食事をする……エ、エリーゼ、まさか」

「そんな所があるのですね。初めて聞きました！」

期待が込められたエリーゼの眼差しを受け、アレックスの表情が若干引きつる。

正直、いろんな輩《やから》が出入りするような店だ。エリーゼのような、いかにもご令嬢然とした女性を連れていくような所ではない。

だが、好奇心を含んだエリーゼの瞳に、アレックスは弱かった。

最近気づいたことだが、エリーゼは引きこもり生活の反動からか、興味を持つものが多岐に渡り、普通の令嬢ならば気にならないものまで知りたがる。自分ができそうなものには、すぐに手をつけるのだ。

アレックスは、危険がなければ別にかまわないと思っていた。それどころか、目を輝かすエリーゼの様子が気に入っているくらいだ。

だから、結果的にはやはりこうなる。

「まぁ、俺がついていれば危険はないか。よし、夕食はあそこに行こう」

「いいのですか⁉」

大抵のことは受け入れてしまうのである。付き従う者たちの苦労が目に見える。

そんなわけで、アレックスとエリーゼは一度宿へ寄り、領民に紛れるような服に着替えると、そのまま歩いて店へと向かった。

店内は中央奥に小さな舞台があり、その前に半円を描くように椅子テーブルが並んでいる。

アレックスの容姿に顔を赤く染めた女性店員が、特等席に案内しようとしたけれど、入口近くの席を頼んだ。もちろん何かあったら、すぐに逃げられるようにだ。

エリーゼはそんなアレックスの配慮に気づくことなく、舞台を一心に見つめていた。

舞台の上では、露出の多い衣装をまとった女性が舞い踊っている。下品にも見える衣装だが、舞が美しいせいか色気を醸し出すアイテムにしか見えない。

「何か食べたい物はあるか？」

「え、あ、えーと」

「名前を見ただけじゃ決められないか。では、この地域の名物を頼んでみよう」

「はい！」

受け答えをしながらも、エリーゼの意識は舞台へ向かっている。

そんなエリーゼの様子に、アレックスはふっと笑みをこぼした。

その笑みのあまりの甘さに店員が身悶《みもだ》えしていたことを、舞台と妻にそれぞれ視線を奪われているふたりは気づかない。

しばらくして運ばれてきた料理は、エリーゼにとって初めて見る物ばかりだった。

特に魚を生で食べる料理は、海がすぐそばにあるからできるものなのだとか。屋敷は港から馬車で一日はかかる距離なので、どうしても食べられない。

現地ならではの料理に、エリーゼは舌鼓《したつづみ》を打った。

「美味しかったか？」

「はい、とっても！」

「そうか。ではそろそろ戻ろう」

そう言うが早いか、アレックスはエリーゼの手を取る。

食べ終わったばかりだったため、エリーゼは驚きの表情を向けた。

「ア、アレックス様？」

エリーゼの困惑した呼びかけにも、アレックスは応えない。素早く代金を払ったアレックスは、エリーゼを人目から隠すようにして店を出た。

馬車は停めておく場所がないので、宿に置いてきていた。従者も、目立つという理由から連れていない。

そのため、ふたりは宿までの薄暗い道を小走りで戻っていた。

転ばないようエリーゼを支えるアレックスの腕から、わずかに緊張が伝わってくる。

そこでようやくエリーゼは、何かよくないことが起こっていると悟った。

明かりの消えた建物の陰にエリーゼをサッと隠したアレックスは、普段通りの笑みを浮かべて「すぐ戻る」とその場から去っていく。

残されたエリーゼは、気が気でなかった。自分の我がままが招いた事態だ。万が一アレックスに何かあったらどうしよう、とエリーゼの身体は恐怖で小刻みに震える。

だが、エリーゼの心配をよそに、アレックスは言葉通りすぐに戻ってきた。

思わず駆け寄ったエリーゼは、アレックスが怪我をしていないか確認する。しかし服の乱れひとつなく、逆に唖然としてしまった。

「あ、あの」

「ん？　ああ、怖い思いをさせてしまったね。でも、もう大丈夫だ」

優しく抱きしめられたエリーゼは、アレックスの穏やかな鼓動を感じて、やっと肩から力を抜くことができた。

宿までの帰り道は先ほどとは打って変わり、とても穏やかなものとなった。

アレックスの口調も明るく、自分の緊張をほぐそうとしてくれているのだと気づき、エリーゼはそれがありがたくもあり、申し訳なくもあった。


宿の部屋に着くと、アレックスはただちにエリーゼの寝る支度をするよう従者たちに指示を出していた。

きっと、これもアレックスの気遣いだ。

湯浴みをし、マッサージをされたエリーゼの身体はすっかり軽くなった。

寝室には、すでに準備を済ませたアレックスの姿があった。手元の本に視線を落としていたアレックスはエリーゼに気がつくと、本を横に置き、手を伸ばしてくる。

「おいで」

それはひどく甘い声。

誘われるように足を運んだエリーゼを、アレックスは胸の中に閉じ込める。

エリーゼの胸が、やっと呼吸を思い出したかのように動きだした。

「ごめんなさい。私が小劇場に行きたがったから、アレックス様を危険な目に――」

「それは違う。エリーゼのせいではない」

エリーゼが領民の着るような服を着たとしても、立ち居振る舞いで金持ちの令嬢だと、目をつけられてしまうことは予想できた。だからこそ、アレックスは警戒を怠らなかったのだ。

街にはびこる犯罪者に、苦戦するようなアレックスではない。エリーゼを誘拐しようとあとをつけてきた男たち数人を、反撃する隙さえ与えず片づけることなど容易である。今回の失敗をあげるとすれば、エリーゼに恐怖心と罪悪感を抱かせたことだろう。

「でも」

「エリーゼに、初めてのものを見せてやりたいと思ったのは俺だ。それに、こう見えても、元近衛騎士だ。そんなに簡単にやられはしない」

エリーゼの目尻にアレックスの唇が優しく触れる。それは額や鼻、頬を巡り、エリーゼの唇に辿り着いた。

エリーゼの身体は、アレックスの優しさを受け取るたびに熱を帯びていく。

そのままベッドに倒されたエリーゼの頬を藤色の髪が優しく撫で、仰ぎ見たエリーゼの視界いっぱいに、アレックスの美しい顔が映った。エリーゼの顔の横にあるアレックスの手が、壊れ物を触るようにエリーゼの蜂蜜色の髪に触れる。

「今まで通りのエリーゼが隣にいてくれたら、それでいい」

「アレックス様……」

首筋に感じる吐息。優しく触れる大きな手。ベッドの軋む音に、名を呼んでくれる甘い声。

自分を包み込むものすべてからアレックスを感じ、身も心も溶けていく。

「エリーゼ、愛してる」

それに応えるように首に回された細い腕に力が込められ、アレックスの口からふっと笑みがこぼれる。

月明かりに浮かぶ漆喰《しっくい》のように滑らかな白い肌も、潤んだ瞳も、可愛らしい声も、すべてが愛おしくてたまらない。一方的なものは愛じゃないと、エリーゼに出会って初めて知った。

愛を伝え、伝え返されてこそ、心が愛で満たされていくことも。

もっと喜んだ顔が見たい。茶色の澄んだ瞳に自分を映したい。幸せにしたい。エリーゼにふさわしい男になりたい。

そう思える存在が腕の中にいる幸せを、アレックスは噛みしめた。


雲ひとつない青空の下を、一台の馬車が駆け抜ける。

朝早くに宿を出発したため、爽やかな太陽の光が馬車の中に差し込んでくる。

「まさか、領内にあるとは思いませんでした」

エリーゼが予知夢で見た景色が、ルーズベルト領の中にあると知った時は驚いたが、実際に向かってみると、屋敷からそこまで遠くないことにさらに驚く。

楽しみで仕方がないエリーゼの弾む声に、アレックスは「そうか」と短い言葉を返してきた。

幾分か表情が硬く見えるアレックスに、エリーゼは心配げな眼差しを送る。

「大丈夫ですか？」

「え？　あぁ、大丈夫だ」

向けてきた笑顔にも覇気が感じられず、エリーゼがもう一度声をかけようとした時、外から到着したと声がかかる。

その瞬間、アレックスの肩がわずかに揺れたことを、エリーゼは見逃さなかった。

「行こう」

「待ってください」

腰を浮かせたアレックスが怪訝そうに見返してくるが、その青い瞳が揺れているのを見てエリーゼは確信した。

「無理はしないでください。私はこの道中だけで充分楽しみましたし、アレックス様の嫌がることをしたいわけではありません」

アレックスの瞳が、大きく見開かれる。彼は美しい顔をくしゃりと歪め、乱暴に髪をかき上げながら大きく息を吐き出すと、椅子に力なく腰を下ろした。

「情けないな。エリーゼに言われた時、ともに見ようと決めたくせに、いざ近づくとこのザマだ」

「あの景色の見える場所に、何かあるのですか？」

「……両親の思い出の場所なんだ」

寂しそうに笑ったアレックスの言葉に、エリーゼは息を呑んだ。

「母のお気に入りでね。領地に戻るたびに見に行っていたんだ。俺も何度か連れていかれたようで、微かだが記憶がある。両親は政略結婚だったけれど、父が母に愛を誓ってくれた場所だと話していた気がするよ。屋敷には、その景色の中を歩く母を描いた絵もある」

「気づきませんでした」

「エリーゼが見ていないのは当然だ。今はその絵を飾らせていない。見る勇気がなかなか持てなくてね」

エリーゼは表情を曇らせた。

アレックスの両親が事故死したのは、領地から王都へと向かう道中だったはず。領地に戻るたびにあの景色を見に行っていたのなら、事故が起こる前にも訪れていた可能性がある。

エリーゼが悟ったことに気がついたのか、アレックスはなんとも言えない表情で頷いた。

「そう。あの時も、領地で起きた問題に対応するための短い滞在期間だというのに、見に行ったらしい。父は母のお願いに弱かったから」

アレックスは懐かしそうに呟く。

エリーゼはもういても立ってもいられなかった。アレックスの前にひざまずくと、その大きな手を両手で包み込む。わずかに伝わってくる震えを拭い去れるよう、力を込めて。

「アレックス様は見たいですか？」

それは水面に波紋が広がるかのように、静かにアレックスの心に響いてきた。過去となかなか向き合えないことへの非難も、過度な労りもなく、アレックスにそっと寄り添う……そんな優しい声だった。

「……見たい」

自然と漏れたアレックスの言葉に、エリーゼは目を細める。

「私はいつでもあなた様の隣に立ち、どんな苦しいことがあっても癒してみせます」

「俺はいつでも、エリーゼの初めてをともに体験する」

包み込んでいたはずの大きな手は、いつの間にかエリーゼの手を包み返す。すっと立ち上がったアレックスは、口元に笑みを浮かべ、エリーゼが立つのを助けてくれた。

もうそこに、不安定に心を揺らすアレックスの姿はない。

アレックスが馬車の扉を開けた瞬間、馬車の中に潮の香りが広がった。

「うわぁ……なんて綺麗なの」

アレックスに支えられて馬車を降りたエリーゼは、感嘆の声を漏らす。

小高い丘のそこには、青い空と、それに負けないほど深い青の海をバックに、太陽のように眩しい色の向日葵が、これでもかというほど咲き乱れている。

まるで黄色い絨毯のような圧巻の光景に、エリーゼの心は震えた。

予知夢で見るのとはまるで違う。頬を撫でる潮風に、鼻をくすぐる花の香り、温かな日差し。

身体に伝わるすべてから生命を感じる。

「素敵な所ですね」

「あぁ……本当に」

繋がれた手がギュッと握られ、エリーゼは答えるように強く握り返す。彼の震える湿った声に気づかぬフリをして、エリーゼはひたすら目の前の景色を見つめていた。

「エリーゼ、ありがとう」

何かを吹っ切ったアレックスの声に導かれ、顔を上げる。そこにはいつものアレックスの笑顔があって、エリーゼは安堵の笑みを浮かべた。

「エリーゼが一緒にいてくれれば、俺はなんにでも向き合えそうだ」

「私もアレックス様がいてくれれば、たくさんの初めてに出会えそうです」

どちらともなく笑いが漏れた。

ふわっと強い風が吹き、エリーゼの蜂蜜色の髪をなびかせる。思わず目をつぶったエリーゼの唇に、温かい物がそっと触れた。

驚いて目を開けたエリーゼが見上げた先には、とろけるような微笑みを浮かべたアレックスがいる。

エリーゼの胸が苦しいほどに疼いた。

「愛してる。この先もずっと」

「私も愛しております。ずっと……ずっとです」

求め合うように唇が重なり、エリーゼはそのままアレックスの胸の中へと引き寄せられた。

「絵を……飾ろうと思う」

「それは楽しみです」

「ああ」

エリーゼにとって一番大切で安心できる場所。予知夢によって手に入れた居場所。

エリーゼがアレックスの背に手を回し、ギュッと力を込めると、頭上から嬉しそうな笑い声がこぼれ落ちてくる。

アレックスがいてくれるからエリーゼは生きられるし、未来の約束ができる。

だけど、何よりもただそばにいたい。そう思える相手がアレックスで、本当によかったとエリーゼは思った。

END

あとがき

こんにちは。そして、はじめまして。小日向 史煌と申します。

このたびは、『クールな伯爵様と箱入り令嬢の麗しき新婚生活』をお手に取っていただき、ありがとうございます。

今作は私にとって、初めて恋愛を主軸にした長編小説であり、初の書籍化作品でもあります。初めてのことだらけで、書きたいことがわからなくなったり、甘々な恋愛描写に照れて手が止まったりと、苦悩したことも多々ありました。でも、それも今ではいい思い出です。

小説を読む側だった私が、書く側へと転じたきっかけ。それは、自分の想像したものを忘れたくないと思ったからでした。幼い頃から、小説や漫画の続きを考えたり、架空の世界の物語を想像したりするのが好きだった私。大人になり、様々な経験をして、頭の中で動く彼らの感情や動きが増えた時、ついに私の頭は容量オーバーになってしまったのです。だから、私は文字として残すことにしました。

私の想像から生み出された今作の主人公やヒーローは、最初に考えていた想像という名のプロットを、簡単に蹴り飛ばしてくれました。それは、もちろんいい意味で、です。頭の中だけでは辿り着けなかったと思えるくらい、葛藤し、喜んで、悲しんで、恋をして……ただ大切な人と生きたい、とがむしゃらに暴れてくれました。

すれ違ったふたりがいつの間にか恋に落ちていたら楽しいだろうな、という安易な考えから想像を膨らませたこの物語。ですが、書き始めた頃は漠然としていた物語の終わりが、書き進めていくにつれてはっきりと見え、自分が書いているはずなのに、自然と彼らの恋を応援したくなっていく。そんな不思議な感覚を私に味わわせてくれました。だから、私はこのふたりが可愛くて仕方ありません。

読んでくださった皆様にも、このふたり……いや、登場人物たち皆が愛されたら嬉しいな、と願っております。

最後に、私の想像を超える素晴らしいイラストを描いてくださった坂本あきら先生、本作りに関わっていただいたすべての方々、何より、読んでくださった読者の皆様に心から感謝申し上げます。

小日向《こひなた》史煌《しおん》

小日向史煌先生への
ファンレターのあて先

〒104-0031
東京都中央区京橋1-3-1
八重洲口大栄ビル7F
スターツ出版株式会社　書籍編集部　気付

小日向史煌先生

本書へのご意見をお聞かせください

お買い上げいただき、ありがとうございます。
今後の編集の参考にさせていただきますので、
アンケートにお答えいただければ幸いです。

下記URLまたはQRコードから
アンケートページへお入りください。
http://www.berrys-cafe.jp/static/etc/bb

なお、本書は株式会社ヒナプロジェクトが運営する小説投稿サイト「小説家になろう」（http://syosetu.com/）に掲載されていたものを改稿の上、書籍化したものです。

クールな伯爵様と箱入り令嬢の麗しき新婚生活

2017年10月10日　初版第1刷発行

著　者　小日向史煌

発行人　松島 滋
デザイン　カバー　菅野涼子（説話社）
フォーマット　hive & co.,ltd.
校　正　株式会社 文字工房燦光
編　集　額田百合　三好技知（ともに説話社）
発行所　スターツ出版株式会社
〒104-0031
東京都中央区京橋1-3-1　八重洲口大栄ビル7F
TEL　販売部　03-6202-0386（ご注文等に関するお問い合わせ）
URL　http://starts-pub.jp/
印刷所　大日本印刷株式会社

Printed in Japan

ISBN 978-4-8137-0334-1　C0193

『落ちたのはあなたの中』

葉崎《はざき》あかり・著

Now Printing

OLの香奈は社内一のイケメン部長、小野原からまさかの告白をされちゃって!? 完璧だけど冷徹そうな彼に戸惑い断るものの、強引に押し切られ"お試し交際"開始! いきなり甘く豹変した彼に、豪華客船で抱きしめられたりキスされたり…。もうドキドキが止まらない!

ISBN978-4-8137-0349-5／予価600円＋税

ベリーズ文庫
2017年11月発売予定

書店店頭にご希望の本がない場合は、
書店にてご注文いただけます。

『医局内恋愛は密やかに』

水守恵蓮《みずもりえれん》・著

Now Printing

医療秘書をしている葉月は、ワケあって"イケメン"が大嫌い。なのに、イケメン心臓外科医・各務から「俺なら不安な思いはさせない。四六時中愛してやる」と甘く囁かれて、情熱的なアプローチがスタート! 彼の独占欲剥き出しの溺愛に翻弄されて…!?

ISBN978-4-8137-0350-1／予価600円＋税

『初恋の続きは密やかに甘く』

真崎奈南《まさきなな》・著

Now Printing

千花は、ずっと会えずにいた初恋の彼・樹と10年ぶりに再会する。容姿端麗の極上の男になっていた樹から「もう一度恋愛したい」と甘く迫られ、彼の素性をよく知らないまま恋人同士に。だけど千花が異動になった秘書室で、次期副社長として現れたのが樹で…!?

ISBN978-4-8137-0346-4／予価600円＋税

『覚悟なさいませ、国王陛下 ～敵国王のご寵愛～』

真彩《まあや》-mahya-・著

Now Printing

敵国の王エドガーとの政略結婚が決まった王女ミリィ。そこで母から下されたのは「エドガーを殺せ」という暗殺指令! いざ乗り込むも、人前では美麗で優雅なのに、ふたりきりになるとイジワルに甘く迫ってくる彼に翻弄されっぱなし。気づけば恋…しちゃいました!?

ISBN978-4-8137-0351-8／予価600円＋税

『副社長は束縛ダーリン』

藍里《あいさと》まめ・著

Now Printing

普通のOL・朱梨は、副社長の雪平と付き合っている。雪平は朱梨を溺愛するあまり、軟禁したり縛ったりしてくるけど、朱梨は幸せな日々を送っていた。しかしある日、ライバル会社の令嬢が強引に雪平を奪おうとしてきて…!? 溺愛を超えた、束縛極あまオフィスラブ!!

ISBN978-4-8137-0347-1／予価600円＋税

『冷酷騎士団長は花嫁への溺愛を隠さない』

小春《こはる》りん・著

Now Printing

王女・ビアンカの元に突如舞い込んできた、強国の王子・ルーカスとの政略結婚。彼は王子でありながら、王立騎士団長も務めており、慈悲の欠片もないと噂されるほどの冷徹な男だった。不安になるビアンカだが、始まったのはまさかの溺愛新婚ライフで…。

ISBN978-4-8137-0352-5／予価600円＋税

『苦くて甘いルームシェア』

和泉《いずみ》あや・著

Now Printing

ストーカーに悩むCMプランナーの美織。避難先にと社長が紹介した高級マンションには、NY帰りのイケメン御曹司・玲司がいた。お見合いを断るため「交換条件だ。俺の恋人のふりをしろ」とクールに命令する一方、「お前を知りたい」と部屋で突然熱く迫ってきて…!?

ISBN978-4-8137-0348-8／予価600円＋税